KB134273

데비와 락슈미

박송주 지음

목차

1부

1. 데비

데비는 바다로 가는 도로 한가운데서 자동차를 멈추었다. 데비가 타고 있는 자동차는 이 도시에서 유일하게 움직이는 자동차였으므로, 멈추고 싶을 때면 언제든 멈추고 달리고 싶을 땐 언제든 달릴 수 있었다. 그 자동차가 지구상에 존재하는 유일한 차는 아니었지만, 자동차를 운전할 존재는 지구상에 단 한 명 데비뿐이었다.

차를 세운 데비는 보조석 바닥에 놓아둔 노트와 연필을 들고 밖으로 나갔다. 보조석의 문을 열어주자 락슈미도 차 아래로 내려와 데비의 발 옆에 섰다.

도로 앞쪽으로 태양이 지고 있었다. 주황색 태양이 저 멀리의 구름을 불태우려는 듯 이글거렸고, 자동차의 보닛 위도 뜨겁게 달구어져 있었다. 바람 한 점 없는 여름 저녁이었으므로, 데비는 '숨이 막힐 듯 더운 여름'이라는 구절을 떠올렸다. 책의 구절을 떠올리면 데비의 몸은 자연스럽게 그 구절에 맞는 신체 상태로 변화했다. 피부 위로 습한 더위가 달라붙었고 숨을 쉴 때마다 더운 공기가 폐로 들어오는 듯했다. 데비가 느끼는 많은 감각들은 데비가 읽은 구절들로부터 생겨나는 것이었다. 그 구절들은 메인 컴퓨터의 도서관에 저장되어 있었고, 데비는 메인 컴퓨터가 저장한 구절들을 몸으로 구현할 수 있는 인공지능이었다.

"락슈미, 난 너한테 편지를 쓸 거야. 넌 읽을 수 없겠지만 그래도 마음은 전해야 하니까."

락슈미가 데비를 올려다보았다. 평이한 어조로 흘러가듯 말하는 어투는 락슈미가 행동으로 나서지 않아도 된다는 안심의 말이었으므로, 락슈미는 작게 꼬리를 흔들었다.

"락슈미, 너도 알지. 내가 너에게 락슈미라고 이름 붙인 이유 말이야."

락슈미는 단순한 구조를 가진 인공지능이었다. 기분이 좋거나 나쁘거나 위험을 감지하거나 흥분하거나 사람을 위로하거나 졸려하거나 하는, 본능에 충실한 AI. 허나, 데비와 락슈미가 서로 의지하는 데는 그 기능만으로도 충분했다.

"넌, 내가 만난 첫 번째 생명체였어. 엄밀히 말해서 생명체는 아니지만 어쨌든 우리가 서로를 알아보고 움직이고 있다는 점에서 그냥 그렇다고 해두자고."

해가 지면 언제 그랬냐는 듯 기온이 뚝 떨어질 테지만, 비가 내리지 않은 건조한 대기는 데비가 바라는 '변화'의

조짐이 없음을 의미했다. 한때는 데비 역시 비가 오길 간절히 바랐던 적도 있다. 그러나 이제 데비는 안다. 모든 것이 헛된 것임을.

데비는 들고 있던 노트를 아스팔트 위에 내려놓고 무릎을 꿇고 연필을 들었다. 아스팔트의 더운 기운이 훅 하고 올라왔다. 데비는 천천히 숨을 고르며 노트를 펼쳤다. 여느 드라마에서 본 것처럼, 노트의 표지를 넘기고 가운데를 꾹 눌러 노트가 잘 펼쳐지도록 만들었다. 그러고는 노트 위에 글씨를 써 내려가기 시작했다.

글씨를 쓰는 것은 데비에게 쉽지 않은 일이었다. 글씨를 쓰는 행위 자체가 데비의 시스템에 입력된 행동이 아니었다. 영상에서 인간이 글씨를 쓰는 것을 보고 따라 해본 데비는 놀랐다. 인간의 행동 능력 중, 자신이 할 수 없는 것은 거의 없다고 생각했던 것이다. 그런데 손가락을 이용해 글자를 만든다는 것이 그토록 어려운 일이었을 줄이야. 사실 데비에게 글씨를 쓰는 행위는 딱히 필요치 않았다. 학습에 필요한 정보는 이미 전부 입력되어 있었고, 무엇보다 뭔가를 종이 위에 적었다고 해도 그 내용을 전달할 대상이 없었다. 그래도 데비는 글자를 쓰고 싶었다. 글씨를 쓰는 행위는 인간의 행동 중 처음으로 데비의 마음을 흔들었다. 도서관에서 우연히 본 드라마에서였다. 그 영상에서 글씨가 적힌 종이를 건네는 것은 서로의 마음을 전하기 위함이었고, 그러기 위해 글자를 적는 인간의 표정은 데비가 한 번도 지어본 적 없는 표정이었다. 골똘히, 생각에 빠져 있는 얼굴. 그 얼굴은 자기가 아니라 다른 대상을 온전히 생각하는 그런 얼굴이었다.

데비는 편지를 쓰는 인간의 모습을 흉내 내보려고 유리창이 깨진 어느 문구점을 찾아 들어갔다. 선반에 가지런히 놓인 문구들엔 먼지가 가득했고, 데비는 손으로 먼지를 쓸어내 원래의 제 모습을 하나씩 확인했다.

스프링이 있는 노트와 없는 노트, 연필, 볼펜, 샤프, 색깔이 있는 것과 없는 것, 작은 종이들과 접착제, 그리고 지우개 같은 것들을 구경하며 데비는 이것들을 가지고 골똘히 자신의 세계에 갇혀 있던 인간들을 상상했다. 어린이부터 나이든 노인까지 손가락으로 기다란 연필을 들고, 펄프로 만들어낸 종이 위에 무언가를 써 내려가는 그 행위에 데비는 매료되었다.

데비는 선반에 놓인 노트 중 스프링이 달린 연습장 하나와 볼펜을 집어 들고 문구점의 카운터로 갔다. 드라마에서 본 것처럼 데비는 노트를 펴고 글씨를 쓰려고 했다. 쓸 수 없었다. 볼펜을 잡는 법조차 생소했으며, 볼펜을 잡고서 획을 그으려고 하면 그 획은 의도와 달리 보기 싫은, 못생긴 빗금이 되어버렸다. 다행히 데비에게는 입력되지 않은 행동을 학습할 수 있는 유용한 능력이 있었다. 데비는 몇 시간 동안 거기 서서 손가락 사이에 볼펜을 끼우고 글씨 쓰기를 연습했고 마침내 자신의 이름을 한글과 영어로 나란히 적었다.

데비. Debby.

이마에서 땀이 흐르는 것 같았다. 고작 이 몇 개의 글자를 쓰는데 이렇게나 오래 걸리다니. 드라마에서 본 사람들은 몇 페이지나 되는 편지를 쓰던데...
데비는 그날 이후 글씨를 쓰는 일에 빠졌다. 몇 달 동안 글씨 쓰는 것을 연습한 데비는 마침내 한 페이지 가득 글을 쓸 수 있었다.

'데비는 지구 역사상 가장 유명한 재즈곡 중 하나의 제목에서 따온 이름으로, 메인 컴퓨터 개발자 중 한 명이 이름을 붙였다. 개발자는 메인 컴퓨터가 명령을 내려 각종 임무를 수행

할 AI를 개발하던 중 갑자기 사라졌다. 데비는 원래 사라져 가는 식물종들을 채집하기 위한 목적으로 개발되었으나, 명령을 내릴 주체인 인간이 사라졌으므로, 인간을 찾아 나서는 것이 우선시되어야 한다. 데비는 지구에서 갑자기 인간들이 사라져버린 이유를 찾아낼 것이다. 그러기 위해 데비는 인류의 유산인 데이터를 학습할 것이다. 메인 컴퓨터는 저전력 상태로 존재할 것이며 이십 년 주기로 깨어나 데비의 상태를 테스트한다. 데비는 자신이 만나는 첫 생명체에게 이름을 지어줄 수 있다. 데비는 자신만의 방식으로 이 땅에서 인간이 사라진 원인을 찾아내 인간을 되찾을 수 있다.'

데비가 노트에 적은 내용은 데비가 처음 의식을 갖게 되었을 때 메인 컴퓨터로부터 이행된 명령이었다. 데비는 자신이 쓴 글자를 보며 흡족했다. 인간처럼 글씨를 쓸 수 있다는 사실은 얼마나 기뻤던가. 데비가 노트를 껴안고 소리를 지르는 바람에 잠을 자던 락슈미가 달려왔던 그 날을 데비는 잊을 수 없다. 물론 그날은 아주 오래 전이었으므로 지금은 모든 것들이 오래되고 늙어가서 노트마저 귀해졌다.

지구는 부식되어 가고 있었다. 모든 것들이 천천히 낡고,

고장이 났다. 처음에는 도시에 존재하는 기계들을 고치는 게 어려운 일은 아니었다. 건물마다 설치된 발전기는 데비의 마음대로 움직일 수 있었고 태양 에너지를 모았다 사용하기만 하면 에너지를 걱정할 일도 없었다. 그러나 시간이 흐르면서 발전기의 부품들이 하나둘 낡아가기 시작했고 도시의 모든 것들이 삐걱거렸다.

일주일에 한 번씩 구역별로 나누어 빌딩들과 가로등을 밝혔으나 그 일은 점점 더 어려워졌고, 움직일 수 있는 자동차들도 하나둘씩 고장이 나기 시작했다. 그래도 데비는 그것들 속에서 여전히 움직이고 살아남아 있는 것들을 골라내 불을 밝히고 작동을 시키는 일을 멈추지 않았다. 그럼에도 점점, 이 도시의 모든 것들이 끝을 향해 가고 있다는 사실을 부인할 수 없었다.

처음 데비가 세상에 나왔을 때, 세상은 인간이 사라지고 얼마 되지 않은 후여서 모든 것이 그대로였다. 데비는 한밤의 달빛이 호수를 비추는 광경을 경이에 찬 눈으로 바라보았다. 데비에게 입력된 구절, 서울의 가로등이라거나, 반짝이는 호수 등의 구절이 한꺼번에 머릿속에 떠오르면서 그 구절이 의미하는 바를 눈앞에서 마주보는 심정은 진정 신기한 경험이었다. 그러나, 거기에는 무언가가 빠져 있었다. 어떤 소리, 자동차들과 철로 위를 지나는 전철, 혹은 건물 안에 들어가 잠을 청하려고 하거나 혹은 누군가와 연락을 주고받으며 서로에게 가닿고 싶어 하고, 더 가까워지려던 그 의지들이 만들어내는 복잡다단한 소음들 말이다.

데비는 의식적으로 소리를 내보았다. 밤공기가 뒤로 확 밀려났다. 자신이 낸 소리가 공기 중으로 사라지고 나면 데비는 서글퍼졌다. 모두 어디로 가버린 걸까.

데비는 주변을 둘러보았다. 아무리 생각해봐도 인류의 유산을 학습하고 인간이 사라진 원인을 찾으라는 말은 너무 모호했다. 어떤 자료를 분석하고 어떤 방식으로 접근해야 한다는 정해진 논리나 방법이 없었다. 사라진 인간 개발자의 후임을 자처한 메인 컴퓨터는 자신의 역량을 제대로 발휘할 것처럼 '분석된' 데비를 세상으로 내보내고 잠이 들어버렸다. 불행히도 데비는 사라진 인간을 찾아내기엔 어딘가 부족하고 어설픈 상태였다. 데비는 언제나 눈앞에 펼쳐진 상황을 분석하려 애를 썼지만 그 결과는 언제나 '알 수 없음'이었다. 메인 컴퓨터는 단 한 번도 데비를 호출하지 않았으므로, 데비는 메인 컴퓨터가 정말 존재하기나 하는 것인지 의심이 들었다. 결과적으로 그 누구도 데비가 이러한 임무를 하기에 적합하지 않다고 판단해줄 수 없었으므로 데비는 자신에게 주어진 일을 그저 해야만 했다. 어쩌면 개발자가 사라져버린 탓에 메인 컴퓨터도 데비에게 주어야 할 명령의 단계를 완벽하게 학습하지 못한 것일 수도 있다.

게다가 인간을 찾으라고 세상 밖으로 내보내진 데비는 사실, 식물 채취를 목적으로 개발된 존재였다. 하지만 데비는 식물에 대해서 아는 것이 별로 없었다. 가장 중요한 식물종에 대한 데이터가 입력되지 않은 것이다. 결국 데비는 원래의 기능과 완전히 동떨어진 기능을 해야만 하는 인공지능인 셈이었다. 입력된 것과 해야 할 일 사이의 간극은 컸고 그 간극을 메우기 위해서는 데비 스스로 주어진 한계 이상을 행해야 했다. AI가 자기 한계를 넘어선다면 그것은 더 이상 AI가 아닐 터, 그렇다면 이 일을 수행하는 것은 애초에 모순 위에 존재한다고 데비는 스스로 생각했다. 데비는 메인 컴퓨터가 깨어나면 이 상황에 대해서 진지하게 따져봐야겠다고 생각했다. 어쨌거나 그 어설프고 모호한 상태, 완벽하지 않은 데비의 조건은 데비로 하여금 학습해야만 하는 동기가 되기는 했다.

가장 큰 문제는, 데비는 애초에 자신의 근원이자 자신과 닮은 인간의 실제 모습은 한 번도 본 적이 없다는 점이었다. 급한 대로 메인 컴퓨터가 집어넣은 도서관 데이터로 어렴풋이 짐작만 할 뿐이었다. 분석하면 할수록, 눈앞에 존재하지도 않는 인간을 이해하는 일은 쉽지 않았다. 허공에 떠 있는 비누 풍선을 만지는 기분이랄까. 도서관의 데이터는 추상적인 내용이었으며, 데비의 눈앞에 펼쳐진 것은 정물처럼 정지된 세상이었다. 이 지구상에 의지를 가지고 움직이는 것이라곤 아무것도 없었다. 또한 데비에겐 이 세상을 바라볼 관점을 알려주는 누군가가 없었으므로, 그저 인간이 없는 그 고요한 세상을 걸으며 자신에게 주어진 혼란을 응시하는 것이 데비가 할 수 있는 일의 전부였다. 하지만 혼란을 아주 오래 들여다보면 혼란은 스스로 질서가 된다는 것을, 아니 혼란을 바라보는 그 시선이 질서를 기어코 만들어낸다는 것을 데비는 이제 알고 있다.

"락슈미, 내가 처음 글씨를 쓰게 되었을 때 얼마나 기뻐했는지 너도 알지. 하지만 마지막에 이런 글을 쓰게 될 줄은 몰랐어. 난 인간에게는 아무런 글도 쓰지 않을 거야. 마지막 편지는 너를 위한 거야. 걱정 마. 널 두고 먼저 가진 않아. 어차피 너에게도 끝은 있으니까. 그 끝이 이제 곧 올 거야. 이제 모래 폭풍이 불 거거든."

데비는 도로 옆으로 난 황무지를 둘러보았다. 그 황무지 위에는 드문드문 바위들이 세워져 있었고, 분명 인간이 만들었을, 외관이 군데군데 바스러진 낮은 건축물들이 있었다. 그 건축물들은 처음에는 데비에게 경이롭고 신기한 공간이었다가, 다음에는 인간 없이 남겨진 외롭고 슬픔을 자아내는 공간이 되었다가 이제 그 스러짐으로 인해 모든 것이 부질없다는 허무감을 불러일으키는 공간이 되어 있었다.

처음, 의식을 부여 받았던 순간을 데비는 생생히 기억한다. 메마른 강 위에 놓인 어느 다리 위에서 데비가 정신을 차렸을 때는 캄캄한 어둠뿐이었다. 정신을 차린 데비는 몇 달 동안 거리를 걷기만 했다. 그때 데비는 걷는 것 말고 다른 것을 할 줄 몰랐다. 그때는 인간이 사라진 원인을 찾기 위해선 먼저 인간을 찾아야 한다고 생각했고, 그렇게 살아 있는 존재, 인간을 찾기 위해 무작정 거리를 헤맸다. 휴식이 필요하면 그 자리에 앉거나 누워서 휴식을 취할 뿐, 도시에 즐비한 빌딩 안으로 들어가야겠다는 생각조차 하지 못했다. 인간이 건축물 안에서 산다는 사실은 알았지만 자신 역시 그 안으로 들어갈 수 있다고 생각하는 데까지 꽤 시간이 걸린 것이다. 그러나 그때도 도시에는 비가 거의 오지 않았으므로 가을임에도 불구하고 한낮의 열기는 지나치게 뜨거웠고, 자신의 신체가 열에 약해질 가능성이 있다는 것을 깨닫고서야 데비는 도시의 어느 건물 안으로 들어가 열을 식혔다.

로비는 텅 비어 있었고 바닥에 깔린 대리석은 몸을 식히기에 좋았다. 데비는 바닥에 누워 이리저리 몸을 굴려 열을 내리며 천장을 바라보았다. 그때 높다란 천장을 바라보며 데비는 생각했다. 인간은 이 좋은 곳을 놔두고 모두 어디로 가버린 것일까, 어딘가 더 좋은 곳이 생겼거나, 그게 아니라면 이곳은 더 이상 사람들이 살아갈 수 없는 곳이라고 생각하게 된 것이다, 라고.

몸을 식힌 데비는 다시 밖으로 나갔다. 도시와 황무지 이곳저곳을 떠돌았지만, 언제나 되돌아가는 곳은 처음 자신이 의식을 찾았던 곳, 강 위의 다리였다. 그곳은 데비에게 서울이라고 불리는 도시의 중심점이 되는 지점이었고, 유일하게 되돌아갈 수 있는 고향이라고 할 만한 장소였다.

강 주변을 제외하고는 도시는 매우 건조했고, 식물이 거의 없었다. 우연히 어느 도시 끄트머리에 있는 메마른 호수 근처에서 죽기 직전의 식물을 돌본 적이 있지만, 그 식물들은 몇 달 되지 않아 말라 죽어버렸다. 그것이 데비가 이곳에서 볼 수 있는 아주 귀하고 드문 식물이었다는 것도 나중에 깨닫게 되었다.

"난 식물을 키우는 데 소질이 없어."

데비의 말은 정확하지 않았다. 식물들이 죽어가는 이유는 세상이 사막화 되고 있었기 때문이다. 데비도 알고 있었다. 그러나 데비는 자기 안에 입력되어 있던 상투적인 인간의 말을 흉내 내는 것이 좋았고, 그런 말을 단순히 내뱉는 것만으로도 곧 인간을 찾아낼 수 있을 거란 기분이 들었다.

그날, 도시 동쪽 가장 끄트머리 건물의 반지하에서 식물에 대한 정보가 적힌 책을 발견했던 날은 다른 의미로도 잊을 수 없는 날이었다. 호수 근처에서 자라났던 식물의 그림과 함께 거기 적힌 유전자 정보를 학습하며 데비는 신기했다. 그 유전자 정보는 데비 자신과 전혀 다른 방식으로 세상에 존재할 수도 있는 존재 양식에 대한 실제적인 이해를 주었던 것이다. 검은 얼룩무늬 나무에 대한 정보를 입으로 소리 내어 읽으며, 데비는 모래 폭풍이 몇

기를 기다렸다.

그곳은 한 면이 전부 유리로 된 반지하였으므로, 외부의 상황을 전부 볼 수 있었다. 뿌연 모래 폭풍이 서서히 잦아드는 것을 확인한 데비는 곧장 밖으로 나갔다.

데비는 도시의 중심으로 길게 난 강변을 따라 걸으며, 자신처럼 이 길을 걸었을 누군가를 상상했다. 중심점에서 북으로 3킬로미터 정도 떨어진 지점이었다. 강변에는 언제 자랐는지 모를 풀들이 말라비틀어지다 못해, 바람이 불 때마다 조금씩 부서져 흩어지고 있었다.

데비는 바짝 말라 흩어지는 마른 풀 조각들을 손가락으로 쓰다듬으며, 언젠가 이 감각을 느꼈을 인간이 적어둔 구절을 머릿속으로 뒤적였다. 데비의 기본어는 한국어였으므로, '메마른', '가을의', '갈대', '억새', '말라비틀어진', '가뭄' 같은 단어들이 떠올랐고, 마른 풀이 인간에게 주는 감각은 쓸쓸하고 서글프고 고독하다는 감각과 자주 붙어 있다는 사실도 알게 되었다.

그렇게 마른 풀들이 사각거리며 부서지는 소리를 듣던 데비는 등 뒤에서 무언가의 인기척을 느꼈다. 뒤를 돌아보았을 때, 데비는 눈앞에 나타난 그것이 무엇인지 얼른 알 수가 없었다. 크기와 움직임으로 보아 인간이 아님은 당연했다. 그와 동시에 데비의 머릿속에 '위험하다'는 감각이 작동했다.

몸을 숨길 곳을 찾느라 허둥대는 사이, 네 발을 가진 생명체는 빠르게 데비를 향해 달려왔다. 데비는 그 짐승이 헐떡대며 달려오는 모습에서 인간을 사냥하기 위해 달려드는 맹수를 상상했다. 그러나 데비의 상상과 달리 그 맹수는 데비의 발 주변을 돌며 꼬리를 세차게 흔들었다. 데비는 이내, 그것이 인간의 책에 자주 등장하는 '개'라는 존재임을 알 수 있었다.

황색과 갈색의 그러데이션으로 이루어진 털이 하늘을 향해 솟아있었고, 삼각형 모양의 얼굴이 데비를 향해 불쑥 가까워졌다. 꼬리가 움직일 때마다, 살랑, 이라는 단어가 떠올랐다. 텁텁하고 메마른 공기 속에서 제 몸의 일부를 흔드는 생명체의 모습은 낯설면서도 매혹적이었다.

"안, 녕?"

완벽한 호의를 가진 그 존재가 펄쩍 뛰어 데비의 얼굴 가까이 다가왔다. 놀란 데비가 슬그머니 뒤로 물러섰지만, 그 존재는 아랑곳하지 않고 데비의 다리 주변을 빙빙 돌며 꼬리를 더 크게 흔들었다. 데비는 그 순간 메인 컴퓨터가 준 명령의 말을 기억해냈다.

'데비는 자신이 만나는 첫 생명체에게 이름을 지어줄 수 있으며, 그와 함께 아주 창의적인 방식으로 이 한국 땅에서 인간이 사라져버린 원인을 철저히 규명할 것이다.'

데비는 움직이는 생명체의 이름을 지어주기로 했다. 데비는 잠자코 이 네 발 달린 노란색 존재에 대한 느낌을 상기했고 머릿속에서는 이 강아지를 만난 것은 행운이라는 구절이 떠올랐다. 그리고 곧 도서관 책에서 읽었던 문구, '행운의 여신'과 그 여신의 이름인 '락슈미'라는 단어가 생각났다.

"락슈미. 널, 락슈미라고 부를게."

그날 밤 데비는 락슈미가 자신과 같은 인공지능이라는 것과 락슈미가 데비보다 먼저 이 세상에 던져졌다는 사실, 그리고 데비가 그랬던 것처럼 하염없이 이 텅 빈 공간을 떠돌았다는 사실도 알게 되었다. 데비가 세상에 나타났다는 사실도 모르던 락슈미는 우연히 그 마른 풀들 사이를 거닐던 데비를 보고 경계하기보다는 먼저 다가왔으며, 자신 안에 내장되어 있던 친밀함을 표현하기에 여념이 없었다. 그런 락슈미를 반기지 않을 인공지능은 없을 것이다. 메인 컴퓨터가 데비를 위해 락슈미를 보내놓은 것인지 어쩐 것인지 데비로서는 알 길이 없었다. 어쨌거나 이 세상에 혼자가 아니라는 사실은 데비가 인간이 사라진 원인을 찾기 위한 여정에 큰 도움이 될 터였다.

락슈미가 온 후 데비는 계획 없이 무작정 도시를 헤집듯 걷는 일을 그만두었다. 대신, 도시의 높은 건물들을 추리고 그 건물들을 동서남북으로 나누었다. 한 빌딩 위에서 일주일 정도를 머물다가 걸어서 이동하여 다른 빌딩으로 이동했다. 다리를 중심으로 서울의 공간을 기억할 수 있었으므로, 그 다리를 오고가며 도시에 어떤 변화가 생기고 있는지를 확인하기 위해서였다. 하지만 아무리 열심히 도시를 내려다보고, 다리를 건너 남에서 북으로, 동에서 서로 이동해보아도 인간도, 인간이 사라진 원인도 찾아낼 수가 없었다.

"락슈미. 없어, 없다고. 인간 같은 거 어디에도 없어. 없는 걸 대체 어떻게 찾아내란 말이야. 사라진 원인을 규명하려면 먼저 그게 뭔지 봐야 할 게 아니냐고."

락슈미는 고개를 갸우뚱거리며 데비를 바라보았다. 락슈미의 그런 모습은 데비의 질문이 어리석다고 말하는 것처럼 보였다

"그래, 내가 어리석었다는 거 인정할게. 이젠 좀 다르게 접근해봐야겠어. 인간은 없지만, 흔적은 있으니까. 그 흔적 안으로 들어가 보는 거야. 어때? 이젠 마음에 들어?"

이번에 락슈미는 가만히 자신의 발아래를 내려다보기만 할 뿐이었다. 데비는 그것을 괜찮은 아이디어라고 말하는 것으로 해석했다.

그날 둘은 동쪽 끄트머리에 있는 건축물 중 가장 높은 아파트로 향했다. 그곳에서 데비는 태양 에너지로 임시 전력을 가동해 집 안의 전자 장치를 켰고, 실제로 사람이 살았던 방과 거실을 오가며 인간의 삶을 살아가기로 결심했다.

"락슈미, 당분간 우린 여기 머물 거야. 외출하고 난 후에는 다시 이곳에 들어와서 잠을 잘 거야. 알겠지?"

그전까지는 그저 어디든 멈춰 서서 잠시 몸을 수리하거나 휴식의 시간을 가지곤 했다. 그러나 이제 그럴 수 없었다. 정확히는 알 수 없지만, 본능적으로 계획을 세우고 누군가를 보호하고 지켜야 한다는 어떤 마음이 데비 안에서 갑자기 생겨났다. 그랬다. 몸을 뉘었다 일어나면 락슈미가 함께 몸을 일으켰고, 창문 바깥의 무심한 세상을 함께 내다보는 어떤 존재가 이 세상에서 갑자기 툭 튀어

나온 것이다.

이따금 불어오는 모래 폭풍을 두려워하게 된 것도 락슈미 때문이었다. 데비처럼 락슈미에게도 수리 메커니즘이 내장되어 있지만, 고장 난 것을 수리한다는 것의 한계를 데비는 잘 알고 있었다. 또, '인간 없음'에서 배운 유일한 점은 언제라도 갑자기 모든 것이 사라져버릴 수 있다는 사실이다.

"냄새를 맡아봐. 저기 의자에 놓인 옷가지도 기억해. 아, 물론 우린 항상 같이 다닐 거니깐 너무 걱정은 하지 마."

데비의 말에 락슈미가 고개를 갸우뚱거렸다.

"나도 알아. 우리가 인간이 사라진 원인을 영원히 못 찾을 수도 있다는 거. 근데 락슈미, 진짜 문제는..."

데비는 말을 하려다 그만두었다. 그 말을 락슈미에게 들려주기 싫었다. 데비가 두려워하는 것은 인간이 사라진 원인을 찾아내고 나면 자신이 사라질지도 모른다는 점이었다. 데비는 처음부터 목적을 가지고 이 세상에 내보내졌으므로, 목적이 사라지면 존재할 이유가 없는 것이다. 메인 컴퓨터가 잠들어 있지만 데비가 임무를 완수하면 저절로 깨어날 것이고, 메인 컴퓨터에 의해 처분될지도 몰랐다. 그때 락슈미는 다시 혼자가 되는 걸까. 그런 생각이 데비를 괴롭게 했지만 데비는 얼른 고개를 저어 그 것들을 멀리 쫓아버렸다.

데비는 자주 거실 소파에 앉아 창밖을 내다보며 생각에 잠겼다. 락슈미가 나타나기 전 자신이 본 세상에 대해서, 그리고 그 이후의 세상에 대해서. 락슈미가 나타나기 전에는 오직 바람만이 정지된 세계를 일으켜 세우려는 의지를 가진 듯했고, 데비 혼자만 정적을 깰 수 있었다. 그런 세상에 락슈미가 나타났다는 것은 기적이나 다름없었다. 락슈미가 나타나고 데비에게는 미세한 변화가 생겨났다. 이상한 희망 같은 것, 그 원인을 찾아내면 또 다른 세계로 진입할 수 있을 것이며 이제껏 경험하지 못한 경이를 맛볼 수 있을 것만 같은 기대감이 내면에서 자라기 시작한 것이다.

"락슈미, 옥상으로 가자. 발전기가 잘 있는지 봐야겠어."

데비가 자리에서 일어서자 거실 한가운데 배를 깔고 엎드려 있던 락슈미도 자리에서 일어섰다. 문을 열고 나가 계단 한 층을 올라가면 옥상이었다. 거기, 태양 발전기가 놓여 있었다. 사실 데비는 발전기를 보러 간 것이 아니었다. 하늘을 보러 간 것이었다. 주기적으로 모래 폭풍이 불어왔고, 이제 곧 모래 폭풍이 이곳을 덮칠 터였다. 몇

해 전 모래 폭풍을 그대로 맞았던 데비는 아주 멀리로 날아가 처박혔고 몸 이곳저곳이 상했다. 그때도 수리 메커니즘이 저절로 작동되긴 했지만 수리는 꽤 오랜 시간이 걸렸고, 그때 이후 데비의 머리에는 모래 폭풍을 주의해야 한다는 정보가 입력되었다.

데비는 옥상에 올라가 자신이 알루미늄으로 만든 임시 보호 시설 안의 발전기를 바라보았다. 이 정도면 충분히 모래 폭풍을 견딜 수 있을 것 같았다.

"락슈미, 넌 모래 폭풍을 어떻게 견뎠어? 어디에 숨어 있었어? 넌 나보다 똑똑하니깐 몸을 웅크리고 모래 폭풍이 널 건드리지 못하도록 숨을 죽이고 있었어?"

데비가 말을 하는데도 락슈미는 데비를 바라보지 않고, 옥상 이곳저곳을 불안하게 오갔다.

"괜찮을 거야. 발전기는 잘 가동될 거고, 안전하게 천막을 쳐놨어. 물론, 이건 다 날아가 버릴지도 모르지. 하지만 그래도 괜찮아. 내가 다시 할 수 있어. 난 시간이 많거든."

시간, 시간이 문제였다. 메인 컴퓨터는 데비의 임무에 시간의 제한을 두지 않았고, 그것이 데비의 불행이었다. 무한히 주어진 시간은, 오랜 시간 동안 희망을 찾을 수 없다는 증거만을 켜켜이 쌓게 할지도 몰랐다. 실제로도 그 러했다. 시간이 주는 무력함, 아무리 노력해도 아무것도 달라지지 않는다는 사실은 일종의 벌이었다.

"우린 이 건물에 불을 켜둘 거야. 아주 먼 곳에 가더라도, 여기, 이곳만은 밝을 거야. 길을 잃었을 땐 불빛을 보고 이리로 오면 돼."

그날, 모래 폭풍이 불었다. 모래 폭풍이 시작되자 락슈미가 불안해하는 바람에 데비는 건물의 제일 아래층으로 향했다. 지하에는 아파트의 설비를 가동시켰을 엔진들이 가득 있었다. 공간은 어두웠지만 락슈미와 데비가 모래 폭풍을 피하기에는 오히려 좋아 보였다.

데비는 락슈미 옆에 누워 발전기가 돌리는 기계들의 엔진 소리를 들으며 모래 폭풍이 지나가길 기다렸다. 지하의 기계실까지 모래 폭풍이 만들어내는 소리가 들려오는 듯했다. 얼마나 시간이 흘렀을까. 저절로 휴식 모드에 들어갔던 데비가 정신을 차렸을 땐 락슈미가 옆에 없었다.

2. 인간의 자리

그날도, 락슈미는 메마른 강바닥을 뛰어 어딘가로 향하고 있었다. 북쪽 십 킬로미터 인근에서 주인의 존재가 인지된 것이다. 그러나 그 인지라는 것이, 모래 폭풍에 실려 온 전자파에 의한 프로그램의 이상 반응이라는 것을 락슈미가 알 리 없었다.

애초에 락슈미에게 주인은 없었다. 다만 본래의 강아지가 가지는 회귀 본능이 락슈미에게 삽입되어 있었고, 그 기능은 프로그램 내의 특정 부분이 접지될 때 작동했다. 그래서 모래 폭풍은 락슈미를 안절부절못하게 만들었고, 때로는 회귀 기능이 작동하여, 존재하지도 않는 집, 혹은 주인을 찾아가도록 했다. 그러다 특정 부분의 접지가 느슨해지면 다시 락슈미는 자신이 무엇을 했는지 모른 채 이곳저곳을 떠돌았다.

락슈미는 데비보다 더 오래 혼자였다. 개발자들이, 인간 이외의 다른 종이 있으면 좋겠다는 다소 낭만적인 생각으로 테스트를 겸하여 AI 개를 만든 것이다. 인간이 모두 이 행성에서 사라져버리고, 그 사실을 메인 컴퓨터가 인식한 후, 메인 컴퓨터는 AI 강아지 일곱 마리를 먼저 깨워 인근 사십 킬로미터 주위에 풀었다. 인공위성은 모두 궤도를 이탈하거나 거의 제 기능을 하지 못했으므로, 인간을 찾기에 더없이 좋은 기계들이라고 판단했던 것이다.

락슈미를 제외한 여섯 마리의 인공지능 강아지들은 여러 번의 모래 폭풍과 지진 등으로 부서지거나 흩어졌고, 락슈미도 혼자 북반구를 떠돌아다녔다. 그러는 동안 이십 년 만에 깨어난 메인 컴퓨터는 데비를 찾아내 다소 급하게 세상 밖으로 떠밀었다. 그런 후 메인 컴퓨터는 다시 잠이 들어버렸으므로 데비와 락슈미가 다시 만나는 데는 이십 년의 시간이 더 필요했다. 즉, 그들이 만난 것은 전적으로 우연이었다.

몸, 몸의 문제는 비단 인간만의 것은 아니었다. 락슈미나 데비의 경우 인간과 달리 견고했고, 혹독한 자연환경에 맞설 수 있는 강한 신체를 가졌지만, 그들의 몸 역시 물질에 불과했다. 락슈미의 몸도 부식이 시작되고 있었다. 또, 모래 폭풍과 강렬한 햇볕에 락슈미의 몸과 프로그램에 난 생채기는 점점 더 크고 많아졌다. 세상을 인지하는 감각 기능도 덩달아 망가졌다. 길이라고 생각하고 향하던 곳에서 네 발이 푹푹 아래로 빠졌고, 발아래 공간이 움푹움푹 들어갈 때마다 락슈미는 놀라고 두려움에 떨었다.

어느 날인가. 모래 폭풍이 불고 난 후, 락슈미는 어느 야트막한 산을 이리저리 오르내리며 주인을 찾았다. 그러다 회귀 본능을 담당하는 회로의 접지가 끊기자 락슈미는 그 자리에 우뚝 서 버렸다. 어두운 밤이었고, 락슈미는 자신이 무엇을 하고 있었는지 몰랐다. 함께 있던 강아지들을 기억하지도 못했다. 자신의 존재가 무엇인지, 이 세상을 어떻게 떠돌게 되었는지 이해할 도리가 없는 네 발 달린 짐승은 적색의 어두운 산을 내려오며 여러 번 미끄러졌고, 베어진 그루터기에 목이 걸려 넘어지기도 했다. 락슈미는 그런 식으로 자주 자신의 목적을 잊어버렸으므로, 길 위에서 만난 낯선 요인들이 락슈미의 몸을 멈추게 하면 그 자리에 우두커니 서 있거나 그 인근을 불안하게 오갈 뿐이었다.

산에서 내려왔을 때는 간만에 비가 왔다. 비에 젖은 락슈미의 싸구려 털은 보기 싫게 여러 갈래로 나누어졌고 털이 갈라진 틈으로 인공 피부가 훤하게 보였다. 또 산에서 내려오면서 한쪽 발이 찢어진 탓에 락슈미는 다리를 절었다. 통증 프로그램은 아직 멀쩡했던 것이다. 그러나

자가 수리 프로그램은 태양 에너지의 60프로가 있어야만 작동했으므로, 락슈미는 계속 발을 절뚝거려야 했다. 야속하게 비는 그치지 않았다. 삼 일 내내 비가 왔고 락슈미는 길 위에 쓰러졌다. 혼자 떠도는 개에게 고독이나 쓸쓸함 같은 감정은 없었다. 락슈미에게 세계는 먼지와 뜨거운 땅바닥, 다리를 고통스럽게 만드는 길과 푹푹 패인 바닥과 저 아래로 굴러떨어질 것 같은 불안으로 점철된 구덩이 그 이상도 이하도 아니었다.

바닥에 쓰러진 채 눈을 깜박이던 락슈미의 의식의 프로그램이 닫히기 직전이었다. 더 이상 외부의 세계를 인지할 수 없게 된 것이다. 그러나 개발자가 저장해둔 강아지로서의 본능 같은 것이 마지막 순간 락슈미의 프로그램에 의해 테스트되었다. 사랑받고 사랑하는 감각, 두 발로 서서 걸어 다니는 커다란 존재, 인간에 대한 기억들이 락슈미의 의식에서 재현되고 있었고, 락슈미는 누군가 던져준 공을 물기 위해 뛰어가느라, 네 발을 움찔거렸다. 그러다 툭 의식이 끊겼다.

몇 시간일까, 혹은 며칠, 어쩌면 훨씬 더 오랜 시간이 흐른 뒤, 극적으로 의식을 차려 다시 떠돌아다니던 락슈미의 귀에 어떤 소리가 들렸다.

"안, 녕?"

어떻게 일어났는지, 어떻게 자가 수리가 진행되었는지, 어떻게 그곳에 도착했는지도 락슈미의 의식에 없었다. 그저, 어떤 존재가 자신을 부르는 소리를 들은 순간 락슈미 내부에서 한 번도 가동되지 않았던 프로그램이 작동을 시작했다. 그렇게 오랜 시간을 떠돌며 한 번도 느껴보지 못한 감각이 락슈미의 온몸을 감쌌다. 귀 끝이 올라갔고 꼬리는 자기도 모르게 빠르게 움직이고 있었다. 앞발을 콩콩 구르며 락슈미는 표현했다.

'반가워요, 당신. 왜 이제 나타났어요. 내가 얼마나 당신을 찾았는데. 반가워요, 사랑해요, 사랑해요, 반가워요.'

데비는 락슈미의 머리를 쓰다듬었다. 한눈에 봐도 락슈미의 몸은 수리할 곳이 많았다. 한쪽 발은 너덜거렸고 피부는 찢겼으며 아마도 몸체 내부도 생채기가 많으리라 짐작할 수 있었다. 데비는 생각했다. 도시 곳곳을 뒤져보면 이 존재를 수리해줄 부품을 찾을 수 있을 거라고. 데비는 락슈미를 데리고 보아두었던 아파트로 향했다. 락슈미는 절룩거리며 데비를 따랐고, 데비는 지하 창고에서 오래 전에 모아두었던 부품으로 락슈미의 다리를

수리해주었다. 다리에는 인공 피부가 필요했으나 쓸 만
한 것이 없었기에, 인간들이 남겨둔 가죽 가방을 잘라서
찢어진 다리에 이어 붙였다. 정교하진 않았지만, 그럭저
럭 괜찮아 보였다. 사실 락슈미의 배에 있는 작은 열림
판을 열어보려 했지만, 락슈미가 발버둥을 치는 바람에
놔두었다. 락슈미가 싫어하는 것을 강제로 할 수는 없는
노릇이었다.

락슈미는 본능적으로 알았다. 더 이상 떠돌지 않아도 된
다는 것을. 여기 머물러도 좋다는 사실을. 그토록 찾아다
니던 세상이 이 존재에 의해 열렸다는 것을.
데비는 언제나 "락슈미!"라고 불러 락슈미의 주의를 환
기시켰고, 그럴 때면 락슈미의 눈앞에 사람이 나타나 있
었으므로, 락슈미에게 '락슈미'는 자신의 이름이 아니라
사랑의 대상이 나타날 것이라는 계시의 말이었다.
이제껏 락슈미가 의존했던 것은 거의 보이지 않는 것들
이었다. 허공에 실린 그 수많은 진동들이 락슈미가 세계
를 이해하는 방식이었다. 자글자글 모래가 흩어졌다 모
이는 소리가 들리고 메마른 허공중에 이따금 훅 하고 짙
은 공기가 지나갈 때 락슈미는 이 행성이 살아 있다는 걸

느끼며, 가만 그 자리에 서서 그 살아 있음 자체를 홀로 견디었다. 세계는 진동과 그 요란한 무의미로 만들어진 것이기에 락슈미가 이해하고 기억할만한 것은 아무것도 없었다. 그러나 이제 허공에 던져지는 데비의 목소리가 온몸을 훑고 지나가면, 락슈미의 몸은 발끝부터 꼬리, 귀 끝까지 제멋대로 그 앞으로 달려 나갔다. 그 계시의 말은 락슈미의 존재 자체를 저 아래서부터 추동하는 어떤 감각, 사랑의 감각을 일깨워주는 말이었기 때문이다.

'앉아, 락슈미.'

데비의 명령어를 처음 들었을 때, 락슈미의 몸은 처음에는 긴장과 흥분의 진동으로 가득했지만, 반복되는 명령어와 몸짓은 이제 그 주변이 안전하다는 사인이 되어주었다. 그와 동시에 락슈미는 이전보다 더 선명하고 분명하게 세계의 진동을 구분해내려고 했다. 그것은 자신과 두 발 달린 인간의 영역을 잘 지켜내야만 한다는 본능으로 점점 더 견고해지고 있었다. 또한 이제까지의 흐릿하고 모호한 세계에서 벗어나 락슈미는 스스로에 대해 인식할 수 있게 되었다. 땅바닥에 발을 딛으며 움직일 때 자신의 속도를 가늠하거나 해가 뜨는 아침과 저녁의 차이를 구분할 수 있게 된 것이다.

락슈미와 함께 데비 역시 삶의 양식을 바꾸었다. 바깥으로만 돌던 기존 방식에서, 이제 인간이 만들어둔 건축물의 내부와 그 안에서 인간을 보조하던 물건들을 연구하기로 마음먹은 것이다. 그러나 작동하지 않는 것들이 너무 많아서, 데비는 도시 이곳저곳을 다니며 발전기를 가동하고, 인간이 개발한 전자제품들이 어떻게 작동하는지 혹은 그 사용처를 이해하기 위해 시간을 할애해야 했다. 그 과정에서 찾아낸 영상 자료를 보고 데비는 엄청난 충격을 받았다.

거기에는 메인 컴퓨터가 입력해주지 않은 완전히 다른 수준의 정보들, 인간의 실제 삶의 양상이라고 할 만한 것들이 고스란히 담겨 있었다. 인간이 만든 드라마나 영화는 데비에게 인간이 가진 습성들을 알려주었지만, 그것들은 재미있으면서도 때로 데비를 슬프게 했다. 화면에서 보이는 인간의 모습은 자신과 똑같았지만 하는 행동은 완전히 달랐던 것이다. 그들은 자주 옷을 갈아입었고 식구들과 밥을 먹거나 친밀한 누군가와 입을 맞추었으며 자주 울었고 소리를 질렀다. 데비가 보기에 그들은 지나치게 안달복달하며 무언가에 연연해하면서 힘들어했고 너무 감상적이었지만 그 사소함은 데비가 절대 가질 수 없는 것들이었다.

몇 시간씩 자리에 앉아 화면을 보며 슬퍼하거나 웃는 데비의 모습은 락슈미에게 지루하고 이상한 느낌을 주었다. 허공에서 움직이는 화면을 보는 데비는 어딘가 정신이 나간 것 같았고, 자신을 지켜주지 못할 것처럼 보였으며, 지루하기 짝이 없는 다른 세상의 구멍에 고개를 집어넣고 있는 것처럼 보였다. 락슈미는 의젓한 강아지였으므로 데비를 귀찮게 하지 않으려 했고, 그런 지루함을 견디기 위해 휴식을 취하거나 꼬리를 살랑거리며 시간을 견디었다. 그렇게 견디다 보면 데비는 어느새 돌아와 '락슈미' 하고 계시의 말을 던지고는 어디론가 향했고, 락슈미는 그 뒤를 따라 새로운 세상을 향해 갔다.

"락슈미! 여기 들어가 보자!"

데비의 목소리와 함께 어떤 공간의 문이 열리면 락슈미는 약간의 긴장과 흥분으로 새로운 곳으로 들어갔다.

"냄새를 맡아. 그리고 기억해야 해. 알았지? 기억한다는 건 우리가 아는 세계가 깊어진다는 거야."

데비는 드라마에서 알게 된 장소들, 즉 영화관이나 백화점, 병원 등을 차례로 탐험했다. 그곳에는 인간이 놓고 간 것들이 고스란히 자리 잡고 있었고, 데비와 락슈미는 그 공간에 흔적을 남기듯 꼼꼼하게 살피고 다시 집으로 돌아가곤 했다.

1구역의 입구에는 큰 창고 같은 사무실이 있었는데 문을 열고 들어가면 커다란 중장비들이 있었고, 그 옆 작은 문으로 들어가면 인간이 사용하던 책상과 의자가 있었다. 책상 위에는 사람들의 이름이 아주 길게 적혀 있었고, 날짜도 적혀 있었다. 데비는 사람들의 이름과 날짜가 적힌 노트를 읽어 내려가다가 지겨워져 종이를 그대로 책상 위에 올려두었다.

바닥에는 누군가의 실내 슬리퍼가 뒹굴었는데, 데비가 그것을 발로 툭 차자마자 락슈미가 슬리퍼를 향해 돌진했다. 데비는 슬리퍼에 정신이 팔린 락슈미의 관심을 겨우 다른 데로 돌려 밖으로 빠져나갔다. 데비와 락슈미가 빠져나가자 사람이 없는 사무실은 어김없이 깊은 적막으로 빠져들었다.

"어떻게 쥐 한 마리도 보이지 않을까?"

데비는 어디선가 보았던 책의 구절을 인용하며 락슈미에게 말했다.

"그래도 쥐나, 아니면 너 같은 강아지나 고양이 같은 건 있을 수 있잖아. 여긴 생명체가 아무것도 없어. 나무들도

다 죽어버렸고 말이야. 어떻게 생각해, 락슈미?"

락슈미는 데비가 하는 말을 알아들을 수 없었다. 아주 가끔 데비의 입에서 나오는 단어들 속에서 락슈미의 의식을 뚫고 들어오는 음절들이 존재했지만, 대부분의 시간 동안 데비와 락슈미 사이는 보이지 않는 벽에 가로막혀 있었다. 락슈미는 그 보이지 않는 벽을 향해 고개를 갸우뚱거렸고 데비는 아주 열심히 그 벽을 두드려 작은 구멍을 내서 락슈미에게 말을 건넸다. 락슈미는 그 작은 구멍들을 통해 들려 오는 데비의 목소리를 듣기 위해 쫑긋 귀를 세웠다.

"락슈미, 가자. 우리 영화 볼 시간이야."

데비는 인근의 창고로 들어가 잔뜩 쌓여 있던 자전거를 한 대 꺼내 나와, 락슈미를 뒷자리에 올려준 후 자전거 안장에 앉았다. 락슈미가 데비의 목에 두 발을 감싸 안아 안전하게 자리를 잡자 데비는 자전거를 타고 도로를 이동했다.

영화관이 있는 건물로 향하는데 볕이 너무도 뜨거웠으므로, 데비는 이런 온도 속에서 인간은 도저히 살아갈 수 없었을 거란 생각이 들기도 했다. 하지만 인간이 그렇게 약했던가? 그럴 리 없다는 것이 데비의 결론이었다. 인간에 대해 데비가 알고 있는 것은, 어떤 어려움이 있든 인간은 반드시 방법을 찾아냈고 힘을 합쳐 살아남는 방법을 알아냈다는 것이다. 그래서 데비의 결론은 항상 이러했다. '그들은 분명 어딘가로 한꺼번에 숨어버리거나 이동한 것이 분명하다.'

데비는 페달을 밟으며 하늘을 올려다보았다. 자외선이 내리쬐다 어느 사이 구름이 지나가고 있었다.

"구름이야, 락슈미. 구름이 많이 몰려오면 비가 오기도 해. 하지만 넌 비가 오는 걸 싫어하지?"

데비는 고개를 슬쩍 돌려 락슈미에게 말을 걸었지만, 락슈미는 뒷좌석에서 보이는 세상에 정신이 팔려 있었다.

데비는 영상에서 배웠던 노래를 부르며 페달을 밟고 영화관으로 갔다. 건물 안에 자전거를 들여놓고 둘은 계단으로 올라가 영사실로 들어갔다.

영사실에서 영화를 틀고, 좌석으로 내려와 두 시간 동안 둘은 어둠 속에서 상영되는 이상한 이야기에 빠져들었다. 드라마에서 친밀한 사이의 인간들이 자주 들르는 곳, 거기에서 인간은 가상의 인간을 구경하며 소리를 지르거나 기뻐하면서, 자주 옆에 앉은 인간을 의식했다. 데비는 그 모습을 흉내 내고 싶었지만, 데비 옆에는 데비의 행동에 반응을 보일 인간이 없었기에 그 행동만은 흉내 낼 수 없었다.

어쨌든 처음엔 이해할 수 없던 가상의 세계는 점점 데비를 매료시켰고 데비는 더 많은 영화를 보고 싶어서 도서관이나 자료원을 들락거렸다. 자료원으로 향하는 길은 멀었지만, 낯선 길을 한 번 다녀오는 것만으로 데비는 인간에 대해 점점 더 많은 것을 이해한 기분이 들었다. 데비는 가상의 세계에 대한 욕망이 커질수록 인간에 대해 알 수 있는 길이 열리고, 결국은 그들이 사라진 원인에 가 닿을 수 있을 거라고 생각하며, 지치지 말자고 다짐하곤 했다.

자료원과 영화관 등에 쌓인 영상들은 너무도 많았기에 그 영상들을 모조리 다 보려면 거의 영원의 시간이 걸릴지도 모르겠다고 데비는 생각했다. 한때는 그 사실이 데비를 위로해주었다. 시간은 자신의 편이라고 생각했던 것이다. 아무리 더디 걸리더라도 그렇게 기다리기만 하면 언젠가는 인간을, 혹은 인간이 사라진 원인을 찾을 수 있을 것이라고 말이다. 그 시간 동안 이 가상의 세계를 즐기기만 하면 된다고 생각했으나, 몇 년이 흘렀을까. 데비는 그 가상의 세계에 권태를 느꼈다. 쉴 새 없이 영사되는 그 영상들은 영원히 가 닿을 수 없는 세계를 의미했고, 그 세계를 만든 인간은 어디에도 없었다. 그 권태는 데비에게 인간에 대해 조금 더 복합적인 감정이 생겨났다는 증거이기도 했다.

가상과 실재가 혼재된 영상을 보며 데비는 인류의 실종은 인간 역사의 필연인 것 같다는 인상을 받기도 했다. 영상 속의 그 모든 문명 발전을 위해 인간이 벌였던 일들이, 지구를 더 이상 견딜 수 없게 한 것만 같았다. 그 복합적인 감정은 인간이 사라진 원인을 찾아내는 데 도움이 되지는 않았다. 그 감정으로 인하여 인간에게 조금 더 가까이 가고 있다고 느끼면서도 동시에 멀어지고 있는 것도 같았다. 인간에 대해 많은 것을 알면 알수록 인간과 데비 사이에는 아주 투명하고 강력한 막이 형성되는 듯했고 그 투명한 막은 도무지 통과할 수 없을 거란 예감이 들곤 했던 것이다. 그래도 데비는 그런 기분이 들 때마다 감정을 조절하고 다시 인간이 사라진 원인과 어디로 갔는지에 대해 추론하려 애썼다.

어쩌면 인간은 자신들이 어떻게 사라졌는지에 대한 기록마저 가지고 사라졌거나, 데비가 가상과 실재를 완벽하게 구분하여 바라보지 못한 탓일 수도 있었다. 고백하자면 처음 영상을 보았을 때, 데비는 영화에 등장한 괴물들이 실제로 존재했었다고 믿었다. 그래서 그 영상들은 데비에게 혼돈을 가져다주었다. '킹콩'이라는 괴물이 실제로 존재했고 인간에 의해 물리쳐졌지만, 그 괴물들은 언제든 다시 되돌아올 것 같은 인상을 영화의 마지막에 받았던 것이다. 그래서 데비는 아, 인간은 저런 괴물들에 의해 멸종되었다고 보아도 무방하리라 생각했다. 문제는 인간이 멸종했다면 저런 괴물이 살아남았어야 하지만 괴물은커녕 지구에 보존되었어야 마땅한 생태계가 모두 파괴되었다는 점이었다. 그러다 그 영상들이 어떻게 만들어졌는지에 대한 인류의 역사를 탐구하고 나서야 인간이 가상과 허구를 만들어내고 그것을 즐겼다는 사실에 데비는 허탈했다.

가상의 괴물을 인간이 만들고, 그로 인해 생겨나는 거짓 공포를 즐겼다니. 그때 데비는 약간 분노했다. 어떻게 자신들이 사라진다는 사실을 즐긴단 말인가. 이렇게 고통스러운 상황을 즐겼다고? 그러나 거기에는 배움의 영역이라는 것이 덧대어져 있음을 나중에 알게 되었다. 그럴수도 있다는 가정은 인간이 미래를 계획하기 좋았고, 위험을 대비하고 때로는 그런 극한의 상황에서 튀어나오

는 인간 내부의 감정들을 조율할 수 있도록 하는 것이라
고 했다.

가상의 세계를 둘러싼 비밀을 이해하게 된 데비는 풀이
죽었다. 세계가 미지의 상태였을 때 데비는 조금 더 행복
했다. 미지가 걷히고 앎의 영역이 넓어지자 그리움과 호
기심이 지겨움과 짜증, 그리고 권태로 뒤바뀌었고 아직
얼굴도 보지 못한 인간들이 싫어졌다.

"락슈미, 나는 이제 인간이 더 이상 궁금하지 않아."

그러면서도 데비는 할 일을 했다. 시내에 있는 쇼핑몰 건
물로 들어가 새로운 옷으로 갈아입고 락슈미와 함께 매
일 사진을 찍기 시작한 것이다. 먼 훗날, 이곳으로 올 누
군가를 위한 것이었다. 훗날 이곳에 도착한 인간들은 데
비가 지금 남긴 흔적을 흥미롭게 바라볼 것이다. 그리고
이해하려고 애쓰겠지. 왜 그렇게 오랜 시간 동안 사진을
찍어서 남겼을까. 노화하지도 않는 인공지능인 이 존재
는 혹시 고장이 나서 매일 똑같은 행동을 반복하는 게 아
닐까 의심하면서.

데비가 인간을 이해하거나, 인간이 데비를 이해하는 사
태는 일어나지 않을 것임을 데비는 어렴풋이 알았다. 만
날 수 있다면 그것은 기적일 것이나, 지금 데비의 행동

은 전적으로 비대칭적이었다. 비대칭, 그것이 데비가 처한 조건이며, 그 조건 때문에 데비가 태어난 것이기도 하다. 그 조건의 서글픔을 때때로 데비는 느꼈다. 마치, 영화 속에서 누군가를 짝사랑하는 사람처럼 끝없이 한쪽을 갈구하고 다른 한쪽은 영원히 자신을 갈구하는 존재에 대해 미지의 상태로 남아 있는 그 비대칭 말이다. 그래서 고백이라는 걸 한다지만, 데비의 말은 그 누구에게도 가 닿을 수 없었다.

"나는 무책임한 인간을 증오해."

짜증이 나거나 자신도 모르게 불쑥 슬픔이 생겨나면 데비는 혼잣말로 중얼거렸다.

"난 메인 컴퓨터도 미워. 우리 그걸 찾으러 가자. 가서 따지는 거야. 아님… 나도 모르겠다."

그런 말을 뱉어놓고도 결국 데비는 자신들을 세상에 던져놓고 잠이 들어버린 메인 컴퓨터와 인간에 대해 생각할 수밖에 없었다.

메인 컴퓨터를 찾아내 잠을 깨워야겠다고 생각하던 어느 겨울, 데비는 도시에서 제일 높은 건물로 올라갔다. 건물 옥상마다 있는 발전기를 점검하던 데비는 맨 위층의 창문에서 저 멀리 무상의 계곡을 볼 수 있었다. 무상의 계곡은 데비가 직접 이름 붙인 것인데, 도시 안에 있는 자연 계곡으로 야트막한 산 가운데 터널을 만들기 위해 뚫다 만 흔적이었다. 이따금 비가 와서 계곡처럼 물이 흐르는 것을 보고서 데비는 어느 책에서 읽었던 구절, 무상, 모든 것이 덧없다는 의미의 무상이라는 이름을 붙였다. 창문에서 무상의 계곡을 보는 것이 그 겨울 데비에게 생긴 새로운 취미였다. 그러나 그날따라 락슈미가 건물 위로 올라오려 하지 않았고, 데비는 혼자서 건물의 꼭대기 층으로 가서 창문 밖으로 무상의 계곡을 바라보았다. 문득 정신을 차린 데비는 락슈미가 기다릴 거란 생각에 마음이 조급해져 건물 안에 있는 다소 불안정한 상태의 엘리베이터에 올라탔다. 이십칠, 이십육, 이십오... 점점 아래로 내려가던 엘리베이터가 멈춘 것은 지상 칠 층 즈음이었다.

덜컹, 하고 엘리베이터 위쪽에서 소음이 들렸다. 데비는 위쪽을 바라보았다. 순간, 엘리베이터 내부의 희미한 전등이 꺼졌다.

"안 돼!"

엘리베이터가 멈췄고, 데비는 침착함을 되찾으려 했다. 발전기의 에너지 공급에 문제가 생겼지만 곧 태양 에너지가 정상적으로 공급되면 엘리베이터는 움직일 것이고 자신은 지상으로 내려가서 락슈미를 데리고 집으로 갈 수 있을 테니까. 그때 데비는 자신이 엘리베이터에 일곱 달 동안이나 갇혀 있게 되리라곤 꿈에도 생각하지 못했다.

처음 며칠 동안은 엘리베이터에서 나가기 위해 애를 썼다. 엘리베이터의 문을 열기 위해 힘을 써보기도 하고, 혹시나 락슈미가 자신의 목소리를 듣고 달려와서 무언가 해줄지도 모른다는 바보 같은 생각에 소리를 지르기도 했다. 그러나 데비는 곧 엘리베이터 안에서 저전력 모드의 휴식상태에 들어가 버렸다가, 태양에너지에 노출되지 않으면 다시 의식을 차릴 수 없을지도 모른다는 사실을 깨달았다. 엘리베이터는 햇볕이 잘 들어오지 않는 건물의 중앙에 설치되어 있었기 때문이다.

"바보같이. 왜 이걸 탔지? 도대체 왜."

데비는 어둑어둑한 엘리베이터 안에 쭈그리고 앉아 처음으로 울음을 터트렸다. 훌쩍이던 데비는 자신이 눈물을 흘릴 수 있다는 사실이 신기해 울음을 그쳤다.

엘리베이터 한구석으로 희미하게 빛이 들어오고 있었다. 며칠 동안 관찰한 바에 의하면 지금은 아마도 태양이 머리 위에 떠오르는 정오일 것이다. 그러나 이 순간을 넘어가면 엘리베이터는 내내 깜깜한 어둠 속으로 잠겨버린다. 데비는 그 짧은 순간 엘리베이터에 설치된 거울에 비친 자신을 바라보았다. 인간이나 동물에게 자신에 대한 인식이란 게 어떻게 이루어지는지 모르겠지만, 데비에게 거울 속의 자신의 모습이란 거기 누군가 있을 것이라는 확신, 이 세상 어딘가에 반드시 이야기를 나눌 어떤 존재가 있을 것이라는 증거 같은 것이었다. 이 세상에 단일한 존재란 불가능하다고, 생물학에서도 불교라는 종교에서도 말했으니까 생물뿐 아니라 인공 생명체마저도 그러하리라고 데비는 생각했다.

처음 며칠 동안은 이런저런 생각을 할 수 있었다. 몸을 움직일 수 없으니 데비는 자신의 생각에 집중할 수 있었고 한 번도 떠올리지 않은 생각을 하기도 했다. 예를 들면, 자신과 비슷한 인간이 어딘가 있지 않을까 하는.

데비는 엘리베이터 벽에 등을 기대 앉아 이제까지 보았던 드라마 속의 인간들과 자신의 신체를 비교해보았다. 키는 보통의 성인보다 작고 몸도 크지 않았다. 얼굴형은 굳이 따지자면 다 자라지 않은 한국의 청소년 여자와 닮았다. 아마 개발자는 데비의 얼굴과 신체를 이렇게 만든 이유를 알 테지. 하지만 그는 없다. 그도 인간이니까. 그를 찾아내면 정말이지 할 말이 많았다. 빌 에반스의 〈왈츠 포 데비〉를 들으면서 인공지능에게 이름을 붙여주고, 식물종을 찾기 위한 목적으로 만든 AI에게 그 어떤 식물종에 대한 정보도 주지 않고 사라져버린 놈... 하지만 그 사람들을 만나면 제일 먼저 하고 싶은 것은 역시... 안, 녕? 하고 손을 흔들어 보이는 일이었다. 그러면 개발자는 어떻게 대답할까. 그런 상상을 할 때마다 데비는 인간이 점점 더 그리워졌다. 자신의 행동에 대해 어떤 식으로든 대답을 해주는 외부, 바깥, 데비가 아닌 그 모든 세상, 혹은 데비가 상상했던 그 모든 세계, 가능성을 가진 미지의 존재들이.

엘리베이터에 갇히고 다섯 달이 다 되어갈 즈음 데비는 외로 누워 거의 움직이지 않았다. 아니, 움직일 수 없었다. 영영 휴식 모드로 들어가 깨어날 수 없을지도 모른다는 불안에 휩싸인 것이다. 대신, 데비는 오래전 빌딩 외벽에 영사했던 장면들을 떠올리며 꿈을 꾸었다. 빌딩 외벽에 영사하는 법을 혼자 익혔던 때에 데비는 건물에 들어가 사람들이 살았던 흔적을 아주 열심히 들여다보곤 했었다.

그때 데비가 가장 좋아했던 것은 서랍 안에 들어 있는 인간들의 사진이나 개인의 저장장치 속 영상이었다. 데비는 그렇게 수집한 영상들을 모아 밤마다 가장 높은 빌딩의 외벽에 영사했다. 영사물 중 데비가 가장 좋아하던 것은 1구역에서 발견된 어느 여자의 일생이었다. 갓난아이였던 여자는 성장하였고 학교에 다녔고 친구를 사귀었으며, 가끔은 울상이 된 얼굴로 카메라를 바라보았다. 다 커서는 평범한 남자친구와 사귀며 사진을 찍었으나, 성인이 된 이후의 영상은 드물었다. 그 여자는 중년의 여성이 되어 카메라 앞에서 다시 모습을 드러냈지만 웃고 있지 않았다. 여자 옆에는 강아지나 고양이나 꽃들이 있었고 인간은 없었다. 여자는 카메라 앞에서 기타를 들고 노래를 불렀고 꼭 데비처럼 강아지를 쓰다듬었다. 여자의 삶은 여럿에서 혼자가 된 것만 같았다. 여전히 혼자인 데비는 그 여자와 자신이 조금은 닮은 구석이 있어서 좋았다.

서울의 중심부에서 철근을 구부리던 남자의 사진도 데비가 좋아하는 영사물 중 하나였다. 중년의 남자는 어린 시절의 자료가 없었다. 그러나 남자에겐 두 명의 자식이 있었고, 그 자식들은 중년 남자의 인생에서 중요한 것처럼 보였다. 남자는 대부분의 시간을 철근을 구부리거나, 용접하거나 철판을 잘라서 무언가를 만들거나 납품하는 일을 했다. 오래된 자동차를 수리해주기도 했으며, 건물에 부자재를 납품하는 일을 하기도 했다. 데비는 이상하게 그 남자가 두 손으로 철근을 구부리는 모습이 좋았다. 얼굴에는 기다란 검은 가면 같은 것을 쓰고 용접을 하는 남자의 뒷모습도.

그들의 삶은 너무 짧고, 쓸데없는 것에 연연하는 것 같았지만, 데비는 그들 사이로 섞여 들어가고 싶었다. 그 영상 속 저만큼 뒤에서 의미 없이 걸어가는 익명의 존재가 되어도 좋으니, 인간의 세계가 자신에게 와주면 좋겠다고 얼마나 기도를 했던가.

어느 낮인가. 데비는 눈물을 흘리며 잠에서 깨어났고 엘리베이터의 조명이 들어와 있었다. 데비가 열림 버튼을 누르자 거짓말처럼 문이 열렸다. 데비는 밖으로 기어나갔다. 문 바로 앞에 락슈미가 엎드려 있었다. 데비는 힘 없이 락슈미를 껴안고는 엘리베이터 옆 창문으로 내려오는 작은 햇살 아래 몸을 뉘었다. 락슈미는 그런 데비의 주변을 빙글빙글 돌았고, 데비는 자신의 몸이 활력을 되찾을 만큼 충분한 시간을 그 햇살 아래서 기다렸다. 햇

살이 너무 부족한 나머지 며칠 동안이나 데비는 그렇게 누워 있어야 했지만 어쨌든 데비는 다시 몸을 움직일 수 있었다.

어떤 연유로 엘리베이터가 고장이 났고 일곱 달이 지나서야 다시 움직일 수 있었는지 정확한 원인은 알 수 없었다. 그러나 그 미스터리가 데비의 삶을 조금 더 풍요롭게 한 것은 사실이었다.

3. 바람이 끝나는 곳

모래 폭풍은 언제나 동쪽에서 시작되어서 서쪽으로 흘러갔다.

"동쪽이라."

거기 모래 폭풍의 근원이 있을까. 데비는 모래 폭풍이 생기는 근원점을 찾아가기로 했다. 거기에는 어쩌면 바다가 있을지도 몰랐다. 영상에서 가끔 보았던 그 푸른빛의 출렁거리는 바다, 어느 인간이 책에 이 세상의 끝이라고 적어둔 곳 말이다.

모래 폭풍이 데비와 락슈미의 몸을 서서히 고장 나게 할 것은 틀림없는 사실이었다. 세찬 바람이 락슈미나 데비의 몸을 저 멀리로 내동댕이쳐 몸에 충격을 주는 것은 부차적인 문제였다. 모래 폭풍의 미세한 입자들이 몸의 틈으로 들어와 쌓였고 몸을 이루는 부품들을 조금씩 망가뜨리고 있었다. 이제는 모래 폭풍이 도시로 오기도 전에 건물 안에 몸을 피할 수 있게 되었지만, 더 큰 문제는 모래 폭풍이 도시 전체에 영향을 끼치고 있다는 점이었다. 폭풍이 오는 날이 잦아지면서 도시 건물들의 부식 속도가 더 빨라지는 게 눈에 보일 정도였다.

데비는 모래 폭풍의 주기를 체크하고 거기에 락슈미의 상태를 함께 기록해두기로 했다. 인공지능이라지만 데비의 기억력은 생각보다 좋지 못했고, 너무 오래 시간이 마냥 흘러가버리게 놓아둔 탓에 락슈미에 대한 기억들도 시간의 순서와 상관없이 뒤죽박죽 섞여 있기 때문이었다. 만약 시간의 흐름에 따라 락슈미와 그리고 이곳에 대해 기록할 수 있다면 데비는 이 도시와 락슈미에 대해 더 오래 더 세세히 기억할 수 있을 것이었다.

그러나 기록을 하려고 마음먹은 데비는 벽에 부딪혔다. 글씨를 쓸 줄도 알고, 어디선가 읽은 내용을 그대로 노트에 옮겨 적는 것은 가능했지만, 과거의 기억을 글로 옮기는 것은 너무 어려웠다.

"어떻게 쓰는 거지? 기억을 어떻게 구성해야 하는 거지?"

데비는 연필을 물어뜯으며 눈앞의 노트와 옆에 앉아 있는 락슈미를 번갈아 바라보며 괴로워했다.

"락슈미, 난 못하겠어. 대체 그 많은 글을 사람들은 어떻게 적어간 거지?"

락슈미는 한숨을 푹푹 쉬는 데비를 따분한 듯, 한심한 듯 바라보았다.

"알았어. 방법을 찾으면 되잖아."

데비는 개에 대해 쓴 책들을 찾아 읽거나, 그 책의 내용을 노트에 그대로 옮겨 적었다.

"락슈미, 널 처음 만날 날에 대해서 내가 과연 적을 수 있을까. 그리고 네가 모래 폭풍 때문에 불안해하고 힘들어하는 모습도? 그리고 여기 서울, 인간이 없는 이 세상에 대해서 내가 써 내려갈 수 있을까?"

그렇게 말해놓고 데비는 고개를 가로저었다. 아무래도 안 될 것 같았다. 생각만으론 한꺼번에 글을 쏟아낼 것 같았으나 막상 연필을 들면 머리가 하얗게 되고 아무 생각도 나질 않았다.

"난 안 될 것 같아 락슈미. 글을 쓰는 건 너무 어려워. 난 무능해. 나는 아무래도…"

연필을 물어뜯던 데비는 자신이 조금 전 중얼거렸던 문장을 손으로 적었다. 아무 의미도 없는 문장이었지만 한 문장을 적고 나니 조금 용기가 생겼다.

'모래 폭풍에 대한 기록을 여기에 적겠다.'

그렇게 적고 나니 다음 문장을 적을 용기가 생겼다. 데비는 처음 모래 폭풍이 불던 날에 대해 적어내려가기 시작했다. 노트에 기록을 하는 데비 옆에 앉아 있던 락슈미의 한쪽 발이 이따금씩 툭툭 경련을 일으켰다. 데비는 기록을 하느라 그 모습을 보지는 못했다. 락슈미가 불편한 듯 몸을 이리저리 돌아눕자, 그제야 데비는 락슈미를 바라보았다. 그러나 락슈미가 하품을 했고 데비는 곧 마음을 놓았다.

다시 과거의 일들을 적어 내려가는 동안 데비는 감상에 빠졌다. 그 모든 일들이 이제 지나가버렸고, 그 일들을 락슈미와 함께 겪었다는 사실에 데비는 아늑해졌다.

'달콤하고 친밀한 맹수, 락슈미.'

그렇게 노트에 적어 넣은 데비는 자신이 쓴 문장에 놀라다가 이내 기쁨에 들떠 웃으며, 노트의 다음 장을 넘겼다. 그리고 이렇게 적었다.

'모래 폭풍의 주기와 패턴.'

데비는 대략의 모래 폭풍의 주기를 노트에 적었다. 연 단위로 오던 모래 폭풍은 삼십 년 전부터 그 수가 두 배가 되었다. 십 년 전부터는 해마다 네다섯 번으로 모래 폭풍이 잦아졌고, 작년부터 모래 폭풍은 거의 매달 주기로 오고 있었다. 데비는 얼마 전에 왔던 모래 폭풍을 떠올렸다. 그때 데비는 처음으로 락슈미의 열림판을 강제로 열어 락슈미의 의식을 꺼버렸다. 락슈미의 상태가 나빠지는 것보다 락슈미가 싫어하는 일을 잠시 하는 것이 나을 것이라고 생각한 것이다. 그것도 인간에게서 배운 것이었다. 아픈 짐승들을 데리고 병원에 가는 어느 인간의 영상은 데비의 마음에 아직도 남아 있다. 그 영상을 통해 데비는 또 다른 동물에 대한 영상들을 보게 되었고, 이 세계에 인간과 함께 머물렀던 그 수많은 동물들의 존재에 대해서도 알게 되었다. 새, 코끼리, 기린, 하마, 악어, 고양이, 개구리... 다 열거하기 어려울 정도로 많은 동물들이 인간보다 먼저 사라져버렸다. 마지막까지 남아 있던 것은 인간과 가장 밀접한 개였다. 데비는 거의 대다수의 동물들이 인간 때문에 멸종했다는 사실도 알게 되었다.

"락슈미, 인간의 욕심 때문에 지구상의 동물들이 멸종했다고 내가 말했지?"

락슈미는 그 자리에서 귀를 쫑긋하고 데비의 말을 들었다.

"기후 변화가 시작되었잖아. 인간들은 기후 변화에 대응할 만한 기술을 가졌지만, 동물들은 그럴 수 없었으니까."

산불이 났고 홍수가 났다고 했다. 그러는 동안 많은 인간이 죽었지만 인간의 수는 여전히 너무 많았다. 거기에 더해 인간은 강인했다. 지진과 산불, 홍수 등에서 살아남았으며, 동물들이 거의 다 죽어갈 즈음, 로봇을 개발한 것이다. 그땐 이미 늦은 후였다. 식물종이 다 죽어갔으며 곤충들이 사라졌고 곤충이 사라지자 새들도 죽어버렸다. 지구 생태계에 서로 이리저리 얽혀 살던 그 무수한 종들이 사라지자 빈곤하고 앙상한 인간종만 덩그러니 남아 종말을 기다리는 듯했다.

"오늘은 발전기를 손보러 갈 거야. 발전기가 멈추면 아주 난감해지거든. 왜냐하면 발전기를 재가동하려면 훨씬 많은 에너지가 들어. 그러니까 어서 움직이자."

데비는 마치 락슈미가 자신의 말을 알아듣기라도 하는 것처럼 그렇게 갑자기 떠오르는 생각을 내뱉곤 했다. 락슈미는 데비의 목소리에 잠시 귀를 기울였다가, 다시 창밖을 내다보았다. 평소와 달리 지나치게 예의 주시하는 모습이 이상하다고 생각한 데비는, 창가로 가 바깥을 내다보았다. 멀리 허공에서 무언가 날아다니고 있었다. 뭘까.

데비는 책상 서랍에 넣어둔 망원경을 가지고 와 밖을 살폈다. 배율을 높여 그 물체를 확인했지만 그것은 그저 비닐봉지에 불과했다.

"괜찮아. 그냥 비닐이야. 플라스틱이라고. 바람이 불어서 허공에 떠 있는 거야. 그러니까 노려볼 거 없어. 저건 너랑 나를 해칠 수 없어. 응?"

락슈미는 비닐봉지가 저 멀리로 사라지고 나서야 허공에서 시선을 거두었다.

그날 밤, 모래 폭풍이 불었다. 도시 전체에 숙숙거리는 바람 소리가 선명하게 들릴 정도로 규모가 컸다. 모래 폭풍이 도시에 들이닥치기 전부터 락슈미는 눈에 띄게 불안해했다.

"락슈미! 잠깐 피해 있자. 모래 폭풍이 지나갈 때까지 숨어 있는 거야."

데비는 안절부절못하는 락슈미를 겨우 붙잡아 지하실로 데리고 들어갔다. 현관문을 나와 계단으로 내려갈 때 락슈미가 펄쩍 뛰는 바람에 데비는 락슈미의 몸을 붙잡으려다 계단 아래로 굴러 떨어질 뻔했다. 순간 데비는 비명을 질렀고, 그 소리에 놀란 락슈미가 또 다시 계단 아래로 뛰어 내려가는 걸 데비는 겨우 붙잡았다.

"조금만 참아. 조금만."

데비가 껴안고 락슈비를 속삭였다.

그렇게 계단을 통해 지하실로 내려가는 동안 둘은 실랑이를 벌였지만, 결국 데비는 지하실로 무사히 락슈미를 데리고 들어갈 수 있었다.

지하실로 들어서자 모래 폭풍 소리는 들리지 않았고, 데비는 건물의 배관 아래 벨브들이 모여 있는 곳 옆에 쭈그리고 앉아 숨을 돌렸다. 락슈미도 모래 폭풍에 대해 잊어버린 듯, 지하실 여기저기를 냄새 맡았다.

긴장이 풀려서이기도 했고, 락슈미와 실랑이를 하면서 에너지를 다 써버린 데비는 자신의 의지와 상관없이 휴식 모드로 들어가 버렸다.

휴식 모드의 데비는 항상 알 수 없는 소음들을 듣곤 했는데, 그 소리들은 특정한 의도를 담지 않아 허공으로 이내 사라지고 말 그런 소리들이었다. 그러나 이번 휴식 모드에서 데비는 난생 처음 '데비? 데비!' 하고 누군가 자신을 부르는 목소리를 들었고, 그 순간 데비는 놀라서 휴식 모드에서 깨어났다. 어디선가 들어본 남자의 목소리는 분명, 데비의 존재를 아는 사람 같았다. 데비는 숨을 몰아쉬며 어쩌면 이 기다림이 끝이 났다고, 드디어 그렇게나 오래 기다리던 사람들을 만나고 그들과 인사를 나누고 이렇게나 긴 시간에 대해 이야기를 나눌 수 있으리란 기대감에 숨이 가빠졌다.

기쁨도 잠시, 데비는 무언가 잘못되었다는 것을 알아차

렸다. 락슈미! 락슈미가 없었다. 데비는 그 자리에서 벌떡 일어났다. 건물 지하의 엔진실 계단을 뛰어오르며 데비는 락슈미의 이름을 목 터지게 불렀다. 그러나, 없었다. 건물의 계단과, 1층 로비, 다시 엔진실로 들어와 구석구석을 살폈지만 락슈미는 그 어디에도 없었다.

데비는 곧장 건물 밖으로 뛰어나갔다. 모래 폭풍이 지나가고 난 후였고 서쪽 하늘에서 보라색 오로라가 하늘거리고 있었다. 모래 폭풍이 그곳에서 소멸되었다는 의미였다. 데비는 자전거를 끌고 허공의 오로라를 따라 미친 듯이 달렸다. 거기, 오로라가 있는 곳에 락슈미가 있을 거라고 데비는 확신했다. 자기장이 빚어내는 오로라는 하늘 위에서 춤을 추듯 움직였고, 데비는 홀린 듯 오로라를 향해 페달을 밟았다.

'난 락슈미를 구할 거야. 오로라야, 사라지지 마. 네가 사라지기 전에 난 락슈미를 발견할 거고, 다시 집으로 데려갈 거야.'

데비는 오로라를 보며 페달을 밟았다. 그러나 아무리 달려도 오로라는 가까워지지 않았고, 데비가 내달린 딱 그만큼 멀어져 있는 듯했다. 데비는 포기하지 않았다. 달리고 또 달렸다. 점점 숨이 차 왔지만 속도를 늦출 수 없었다. 락슈미가 얼마나 빠른 속도로 내달리는지 알기 때문이었다. 락슈미의 속도보다 빨리 달려야 락슈미를 붙잡을 수 있을 것이고, 그렇지 않으면 영원히 락슈미를 놓칠지도 모른다는 불안이 데비를 완전히 사로잡고 있었다.

숨을 헉헉 몰아쉬는데 도로 양옆으로 쌓여 있는 건축 자재들이 눈에 들어왔다. 언젠가 도로를 따라 걷다가 이곳을 둘러본 적이 있었다. 쌓여 있는 것들이 무엇인지 하나하나 분석해본 데비는 그것이 도시를 개발할 때 사용하던 것들이라고 결론을 냈다. 어떤 이유에서인지는 모르지만 도시 개발이 진행되다가 멈춘 것이리라. 왜일까. 이제 이곳은 더 이상 살아갈 수 없는 공간이라고 판단한 것일까. 해석은 데비의 몫이었다. 하지만 혼자만의 해석은 의미가 없었다. 경험을 가진 인간과 이야기하거나, 데비의 해석에 대한 누군가의 또 다른 의견이 필요했으나, 데비에겐 아무도 없었다. 몇십 년 동안 질문하고 분석하고 해석을 해보았지만 그 끝엔 언제나 이 모든 일이 아무 의미가 없다는, 허무한 생각이 데비를 사로잡았다.

한때 데비는 집 안에서만 시간을 보냈다. 집은 데비가 유일하게 선택한 곳이었다. 집 밖으로 나가는 순간 데비는 자신이 메인 컴퓨터에 의해 부여된 목적을 수행해야만 하는 존재라는 사실을 인정해야 했고 그 사실이 데비는 싫었다. 아무런 목적 없이 세상에 태어난 것이 어떤 느낌인지, 그저 하늘의 구름을 보거나 누군가를 만나기 위해 밖으로 나가고 싫증이 나면 싸우다가 그렇게 나이를 먹는 일은 데비가 절대 이해할 수 없는 영역이었다.

데비가 바라는 것은 그런 삶이었다. 의미 없고 목적 없는 삶을 살고, 시간을 덧없이 흘려보내고 싶었다. 하지만 그런 무위의 삶은 데비가 영원히 도달할 수 없었고, 그 사실이 데비를 비참하게 만들었다. 그러나 어느 순간 데비는 자신이 읽고 보았던 그 무수한 영상이나 책에서 목격한 인간 고통의 대부분이 삶의 무의미였다는 사실을 깨달았다. 그리고 그 고통을 직시하면서 인간이 비로소 무의미에서조차 의미를 찾아냈다는 것도 알게 되었다. 삶은 무의미하기에 지금 현재를 온전히 즐겨야만 한다는 사실을 말이다. 엄밀히 말하면 데비는 인간들이 말한 그 무의미의 의미를 제대로 이해하진 못했다. 인간이 사라진 원인을 찾아내고, 인간을 찾아내야만 한다는 목적은 언제든 데비를 기다리고 있었고, 그 목적에 가닿을 수 없어 데비는 애가 탔다.

그렇게 밖으로 나가지 않고 집 안에서 누운 채 시간을 보내던 그때, 창문 너머로 다리가 보였다. 최초의, 데비가 의식을 찾았던 그 다리가. 메마른 강 위에 설치된 다리는 희끄무레한 달빛 아래서 빛나고 있었다. 저 다리는 데비와 락슈미를 제외하면 이젠 그 누구도 건널 사람이 없을 것이라는 생각이 들었고, 데비는 자리에서 일어나 곧장 밖으로 나갔다.

데비는 건물의 계단을 통해 내려가 3구역을 걸었다. 아직 해가 뜨지 않은 새벽이었으므로, 데비는 제법 찬 공기를 마시며 천천히 다리를 건넜다. 한 걸음, 두 걸음, 세 걸음... 걸음에 집중하며 다리를 건넜고 건너편에서 3구역을 바라다보았다. 그리고 다시 걸음에만 집중하며 그 다리를 건넜다. 아무런 목적 없이 그저 다리를 건너고 싶다는 그 순간의 마음에만 충실한 행동이었다. 그 행동을 한 이후 데비는 자신의 감정을, 자신의 현재를 살아간다는 것을 어렴풋이 알 것 같았다. 그래도 그 무엇보다 데비에게 락슈미라는 존재가 나타났을 때의 충격은 이루 말할 수 없었다. 마치 소행성이 대기권을 돌파하며 충돌하는 정도의 충격이었다. 데비는 그 충돌로 인해 자신을 둘러싼 세계가 질적인 변화를 겪게 되었음을 기억한다. 그리고 그 존재 때문에 두려움도 커지고 또 그만큼 용기도 커졌다는 사실을 누군가에게 말하고 싶었다. 누군가에게.

순간 드르륵, 하고 자전거의 체인이 빠져나갔다. 자전거가 넘어지면서 데비의 몸은 저 앞으로 휙 날아갔다. 땅바닥에 부딪히며 충격을 받은 데비는 끙 소리를 내며 자리에서 일어섰다. 바지에 묻은 먼지를 툭툭 털어내고 체인을 다시 끼우고 허리를 세워 일어서는데 오로라가 머리위에서 어른거리고 있었다.

"아름다워."

한참이나 고개를 들어 오로라를 바라보던 데비는 바로앞에서 빛을 발하고 있는 유선형의 길고 둥근 물체를 발견했다. 그것은 건물도 아니었으며, 건물을 세우기 위해 가져다 둔 자재도 아니었다. 얼핏 보면 아주 거대한 바위가 서 있는 것처럼도 보였다.

데비는 두어 걸음 앞으로 다가갔다. 먼지를 뒤집어쓴 채모습을 드러낸 그 물체는 한눈에 봐도 아주 오래전부터 그곳에 있었음을 알 수 있었다. 그것은 비행선이었다.

데비는 비행선에 가까이 다가가 손으로 비행선의 아래쪽을 조심스럽게 쓸어냈다. 데비의 손바닥이 지나간 자리에 매끈한 표면이 나타났다. 데비는 더 크게 손바닥을 움직여 표면을 닦아냈다. 문이나 창문이 드러날지도 모른다고 생각하며. 그러나 밋밋했던 표면이 좀 더 크고 선명하게 드러날 뿐이었다.

데비는 자전거를 물체에 기대어 놓고 한쪽 발은 자전거의 페달에, 다른 발은 뒷좌석에 올려놓고 손을 뻗어 문이라고 할 수 있는 만한 것을 찾아 더듬거렸다. 그러다 균형을 잃고 자전거에서 몇 번이나 떨어졌다. 데비는 포기하지 않고 다시 자전거의 위치를 이동시켜 비행선의 문을 찾아 더듬거렸다.

데비는 자전거에서 내려와 비행선의 주변을 빙 돌기 시작했다. 물체의 둘레가 꽤 커서 뒷부분이 어떻게 생겼는지 데비는 몰랐다. 그러다 비행선의 뒷면에 있던 문이 빼꼼 열려 있는 것을 발견했다.

데비는 침을 꼴깍 삼켰다. 심장이 쿵쾅거렸다. 여기, 뭔가 있을 거라고, 이제껏 그렇게나 찾아오던 인간이 사라진 원인과 결부된 단서가 있을 것만 같은 예감에 몸이 덜덜 떨렸다.

후, 하고 데비는 숨을 골랐다. 그러곤 성큼, 안으로 들어갔다.

"긴장 풀어, 데비, 이건 네가 상상했던 이야기 중 하나잖아."

비행선 안에는 먼지가 수북이 쌓여 있어서 데비는 한쪽 발로 쓰윽 먼지를 밀어냈다. 그리고 좁은 통로를 지나 비행선의 계기판이 있는 앞 좌석까지 천천히 걸음을 옮겼다. 마침내 비행선의 조종석에 발을 내민 순간 데비는 숨이 멎을 것만 같았다.

계기판 앞좌석에는 형체를 알아볼 수 없는 인간이 앉아 있었다. 우주로 가려던 비행선이 있다는 사실은 알고 있었지만 그 흔적이 고스란히 남아 있을 거라곤 생각을 하지 못했다. 무엇보다 데비는 살아 숨 쉬며 데비에게 인사를 건네고 웃음을 지어주거나, 그게 아니면 데비를 보고 놀라 뒤로 물러나는 그런 류의 '살아 있는' 사람만을 상상했었다. 그러나 지금 데비 앞에 드러난 인간은 살이 분해되고 겨우 남은 뼈마저 풍화되어가는 모습이었다. 죽어버린 인간은 상상해본 적 없었던 데비는 재빨리 뒤를 돌아 비행선을 빠져나왔다.

비행선에서 한참이나 뛰어가 멀찌감치 떨어진 데비는 두 손을 꼭 붙잡고 숨을 내쉬었다. 여러 감정들이 데비의 내부에 생겨나 서로 충돌했다. 두려움과 슬픔, 체념 같은 감정들이. 그러나 이내 데비는 그렇게 혼자서 쓸쓸하게 죽어 거기 오래도록 앉아 있던 그에게 미안한 감정이 들었다. 데비는 다시 비행선 안으로 들어갔지만, 조종석 안까지 들어가지 못하고 다시 비행선 문 쪽으로 튀어나갔다.

"미안해요. 내가 익숙하지 않아서 그래요. 지금 나도 좀 놀라서 그런 거니까 이해해줘요. 네?"

죽어서 분해되어가는 시체가 살아 있기라도 한 것처럼 데비는 말을 했다. 그러나 그 말은 데비 스스로에게 하는 말이었다. 자신을 위로하는 그 말은 결국 데비가 세상에 가지고 있는 편견에 대한 변명이었고, 그 상황에 조금 더 용기를 내보기 위한 말이기도 했다.

"근데 우리, 만날 수도 있었던 거겠죠? 아니다, 내가 여기서 살아가기 전에 그렇게 된 거죠? 아닌가? 대체 언제 그렇게 된 거예요? 혹시 내 이름 지어준 사람? 아, 진짜 왜 이렇게 만났을까요 우리가."

그렇게 큰 소리로 떠들어놓고, 데비는 잠시 생각에 빠졌다. 그렇다. 데비가 이렇게 세상 밖으로 나온 건 아마 저 사람마저 죽어버렸기 때문일지도 몰랐다.

"나는 데비예요. 내가 며칠 뒤에 다시 와서 당신을 잘 묻어줄게요. 알았죠?"

데비는 자전거에 올라타지 않고 두 손으로 핸들을 붙잡

고 도로를 걸어 되짚어갔다.

막상 인간이라고 발견한 것이 시체였다는 사태에 직면한 데비는 차분해지는 걸 느꼈다. 이제, 자신이 품었던 희망이나 기대를 완전히 내려놓을 수 있을 것 같았다. 짧은 시간 동안 데비는 많은 생각을 했다. 예전에 읽었던 많은 문장들이 빠르게 머리에서 흘러갔고, 데비는 그 문장을 지었을 인간과, 그 문장을 읽으며 골똘히 생각에 빠졌을 또 다른 인간을 상상했다. 그러나 이내 데비의 머릿속에서 그 인간들은 모래와 바람에 풍화되어 살이 마르고 그 살마저 버석해지고 끝내 뼈만 남아 그 자리에서 스러져버렸다. 인간이란 이런 건가. 살아서 움직이고 영원을 살 것처럼 누군가에게 감동을 주고 경멸감을 주고 이렇게 애틋하게 그리움을 주고 마침내는 아무것도 아닌 것으로 되돌아가는 그런 것...

그러다 데비는 그 자리에 멈춰 섰다.

"아 맞아, 락슈미!"

데비는 허겁지겁 자전거에 올라타 페달을 밟았다. 어쩌면 락슈미가 되돌아와 자신을 기다리고 있을지도 모른다는 생각에. 그러다 데비는 생각해냈다. 자신이 건물의 모든 문을 다 잠가 두었다는 사실을. 그렇다면 애초에 락슈미는 어딘가로 나가지 못한 것일 수도 있다.

집에 거의 도착했을 때 데비는 발견했다. 건물의 맨 위층에서 데비가 오는 소리를 듣고 발전기 옆 사다리에 올라가 있는 락슈미를. 데비는 락슈미를 향해 손을 흔들며 소리를 질렀다.

"락슈미! 너 왜 거기 있어! 너 때문에 내가 얼마나 고생했는데!"

죽은 사람에 대한 생각은 락슈미를 보자마자 잠시 잊혀졌다. 모래 폭풍이 부는 동안 옥상에서 얼마나 뛰었는지 락슈미의 다리 한쪽이 덜렁거렸던 것이다. 속이 상했다. 데비는 락슈미의 다리를 수리하며 생각했다. 뭔가 방법을 찾아야 한다고. 모래 폭풍에서 벗어날 수 있는 근본적인 방법을.

다음날 오전, 데비는 락슈미를 데리고 자전거를 타고 3구역을 벗어났다. 이번에는 북쪽 도로를 달렸다. 도로의 끝에는 비행선과 활주로가 내려다보이고 관제탑 하나가 서 있다. 그 관제탑에 올라가자, 정확히 데비가 어제 보았던 비행선이 내려다보였다.

락슈미를 만나기 전 데비는 도시를 벗어날 수 없다고 생각했다. 그건 데비에게 내장된 명령 같은 것이었다. 그러나 락슈미가 가끔 집을 나가 멀리 사라져 버려서 데비는 그 명령을 어길 수밖에 없었다. 내재된 명령을 어기는 일이 가능한지에 대한 생각이나, 스스로가 명령을 어기고 있다는 인식을 하지도 않았던 것 같다. 어쨌건 그 명령을 어겼기 때문에 그 비행선을 발견할 수 있었던 셈이니 이 모든 게 락슈미가 있었기에 가능한 것이다.

데비는 관제탑의 통신실에 놓여 있던 헤드폰의 먼지를 닦고 귀에 착용한 후, 녹음기의 재생 버튼을 눌렀다. 기계에서는 아무런 소리도 나지 않았다. 데비는 오래전 저 비행선이 떠오르기 직전의 상황을 그려 보았다.

녹음기가 두어 번 툭툭거리다가 이내, 사람들의 목소리가 전선을 통해 들리는 것이다. '이륙 준비 완료.' '시작.' '육십... 사십이, 사십일,' '잠깐, 비행선 실내 기압 이상.' '엔진 정지.' 같은. 사람의 목소리가 복잡하게 뒤섞이다 절망적인 목소리가 들린다. 문이 열리지 않는지, '도어 오픈!'이라는 말이 몇 번이나 반복되었을 것이다. 비행선이 출발하려다 문제가 생겼지만 문을 열지 못했을지 모른다. 데비는 헤드폰을 내려놓고 관제탑에서 보이는 비행선을 내려다보았다.

데비는 락슈미에게 말했다.

"저 사람, 여길 떠나려다 떠나지 못한 것 같아. 어쩌면 인류 역사상 마지막 인간이 저 사람인지도 몰라. 내가 찾던 바로 그 사람 말이야."

데비는 먼지 쌓인 관제탑을 둘러보며 마음을 추슬렀다. 어쩌면 정말로 인간을 찾을 수 없을지도 모르며, 이제 그동안 해오던 일의 마침표를 찍어야 할지도 모른다는 생각을 하면서.

"내려가자."

관제탑에서 내려간 데비는 락슈미와 함께 비행선 쪽으로 향했다. 다시 안으로 들어갈 자신은 없었지만, 혹시 그 안에 인간이 남겨둔 무언가가 있다면 데비에겐 그것을 살펴볼 의무가 있었다. 데비가 심호흡을 하는 사이, 킁킁대며 냄새를 맡던 락슈미가 무언가에 빨려 들어가듯 비행선 안으로 들어갔다.

"안 돼! 락슈미!"

데비는 목소리를 높이며 락슈미를 저지하려고 재빨리 따라 들어갔지만, 락슈미는 이미 조종석의 사체를 탐색 중이었다. 그러나 너무 오래 그 자세로 앉아 있던 남자의 뼈들은 순식간에 무너져버렸다. 놀란 락슈미는 저만큼 뒤로 물러나 버렸고, 데비는 한 손으로 이마를 짚었다.

"아, 어떻게 하지."

오래전에 본 드라마에서 죽은 이의 뼈를 수습하던 장면들이 떠올랐다. 그렇게 하면 될까. 하지만 데비는 장갑도, 삽도, 국화꽃도, 이 뼈들을 넣어줄 관도 없었다. 하지만 이 뼈들을 이 땅에 묻어줘야 한다는 것은 명백했다.

데비는 심호흡을 하고, 흩어진 뼈들을 하나씩 품에 안아 들었다. 작은 뼈들은 주머니에 넣고, 큰 뼈들을 한 아름 안고 밖으로 나온 데비는 도로 옆 황무지에 나 있던 구덩이 쪽으로 향했다. 구덩이 안에 뼈들을 넣고, 주머니에 있던 뼈들을 모아 넣은 데비는 황무지에 불룩불룩 올라온 흙더미들 앞으로 갔다. 허리를 구부려 흙더미를 두 손으로 밀어서 구덩이 안으로 밀어 넣기를 수십 번 하고 나자, 뼈를 넣은 구덩이가 조금 위로 솟아났다. 데비는 구덩이의 흙이 흩어지지 않도록 발로 꾹꾹 밟았다. 수십 번, 아니 수백 번을 발을 구르며 데비는 간절히 기도했다. '나는 아직 당신들을 찾고 있어요. 혹시라도 말이에요. 당신들 중에 아직 살아 있는 누군가가 있다면 나한테 보내줘요.'라고.

비행선 안은 오래전 시간이 고스란히 정지해 있는 듯했다. 견고하게 만든 비행선의 문과 문 사이는 모래 입자들이 점령해 있었고, 전력이 끊어져 불이 들어오지 않는 계기판도 뿌연 먼지 아래 잠들어 있었다. 데비는 엄지손가락으로 계기판을 몇 번인가 더듬고는 비행선의 더 안쪽으로 들어갔다. 그곳에는 데비가 이해하기 힘든 각종 설비들이 좁은 공간 안에 옹기종기 모여 있었는데 그마저도 시간과 모래 입자들에 뒤덮여 더 이상 힘을 쓸 수 없는 듯했다. '어디로 가려고 했을까.' 그런 생각을 하는데, 락슈미가 비행선 구석의 바닥을 발로 긁기 시작했다.

"락슈미, 너 자꾸 사고 칠 거야?"

그렇게 말하면서도 데비는 락슈미가 무언가 발견한 것이라고 생각했다. 락슈미가 두 발로 긁어대던 바닥에는 사람이 한 명 들어갈 만한 작은 문이 있었다. 데비는 그 문 끝에 걸린 반달 모양의 손잡이를 위로 잡아당겼다. 처음에는 움직이지 않다가, 데비가 끙, 하고 힘을 주자 서서히 위로 딸려 오며 문이 열렸다.

그 안은 사람이 들어가 누울 작은 침대가 있었고, 그 옆에는 아마도 데비가 묻어준 사람의 것으로 보이는 가방이 있었다. 데비는 무릎을 꿇고 허리를 숙여 바닥 아래 공간에서 가방의 손잡이를 잡아당겨 위로 끌어올렸다. 그리 무겁지 않은 가방의 지퍼를 조심스레 열어서 펼쳐놓자, 흥분한 락슈미가 근처를 왔다 갔다 했다. 데비는 그 안에 든 옷과 신발을 하나씩 꺼내 가방 옆에 가지런히 모아두었다. 그러다 그 안에 있던 비닐 봉투에서 데비는 이상한 것을 발견했다. 밀폐된 봉투 안에는 오래된 전단 종이 같은 게 들어 있었고, 그 종이에는 자신의 얼굴이 프린트되어 있었다. 희귀종 식물 수집을 위한 AI 로봇이라는 글자까지.

"내 얼굴이다, 내 얼굴! 락슈미! 내 얼굴이 왜 여기 있지? 왜? 이 사람이 왜 내 얼굴을 가지고 있을까? 내 얼굴을 가지고 어디로 가려던 걸까?"

흥분한 데비가 소리를 지르자 락슈미가 놀라서 그 자리에서 우뚝 멈춰 섰다. 데비는 자리에서 벌떡 일어섰다.

"락슈미, 메인 컴퓨터를 찾아야겠어."

락슈미가 킁 소리를 냈다.

"위험해질 수 있다는 거 알아. 그렇지만 이렇게 앉아 있을 순 없잖아. 가자. 가야 해."

4. 협곡으로

데비는 매일 서울 시내를 운전하며 움직이는 반경을 조금씩 넓혀나갔다. 락슈미도 자동차를 타고 바람 쏘이는 것을 즐겼다. 메인 컴퓨터가 숨겨져 있는 협곡에 가기 위해서는 시내를 벗어나 꽤 오래도록 자동차를 달려야만 했으므로 데비는 지도를 보며 협곡의 위치를 찾아보고 계획을 세웠다. 메인 컴퓨터를 찾아가기 위한 준비를 모두 마친 밤, 또다시 모래 폭풍이 몰아닥쳤다.

그날의 모래 폭풍은 이제까지와는 달랐다. 도시의 모든 건물을 무너뜨리기라도 할 것처럼, 그 소리부터 위협적이었다. 아무리 문을 다 닫아두고, 창밖을 볼 수 없도록 커튼을 치고 있어도, 유리창을 향해 부딪혀 오는 모래 먼지와 건물 전체를 흔들어대는 바람의 기세를 피할 수는 없었다.

지하의 계단으로 한 발을 내딛던 순간 인근에서 거대한 소리가 들려왔다. 우지끈우지끈, 쿠릉쿠릉 하며 건물이 흔들렸다. 데비는 락슈미를 안아 들고 1층 출입구로 향했다. 최대한 빨리 건물을 빠져나가야 했으나 락슈미는 그럴수록 더 발버둥을 쳤고 급기야 데비의 손목을 물어

뜯었다. 데비의 고통 메커니즘은 아주 활발했으므로 비명이 나올 정도로 아팠지만 데비는 이를 악물고 락슈미의 배에 있던 열림판의 버튼을 눌러 강제로 락슈미를 잠재웠다.

락슈미의 몸에 새겨진 야수의 본능을 처음 경험한 데비는 거의 탈진할 것 같았다. 어쩌면 다음엔 락슈미가 데비의 몸에 돌이킬 수 없을 만큼 큰 상처를 낼지 모른다는 생각에 순간 덜컥 겁이 났지만, 모래 폭풍 소리가 더 거세져 데비는 있는 힘을 다해 인근 학교 건물까지 락슈미를 꼭 끌어안고 뛰어야만 했다. 모래바람이 데비의 몸을 허공에 날려버릴 듯 강하게 불어왔고 데비는 비틀거리며 운동장 아래 대피 공간으로 뛰어 들어갔다. 아무도 사용하지 않은 대피로 앞의 팻말을 지나는 순간, 뒤에서 건물 무너지는 소리가 들렸다. 뒤를 돌아보자 데비와 락슈미가 살았던 1구역의 높은 건물들이 무너지고 있었다. 모래 폭풍이 건물의 잔해를 허공으로 끌어올리는 중이었으므로, 데비는 재빨리 대피 공간 가장 안쪽까지 들어가 문을 닫았다.

안은 어둡고 깜깜했다. 락슈미가 물어뜯은 팔을 살펴볼 수도 없었고, 들쳐 안고 온 락슈미의 상태를 확인할 수도 없었다. 밖에서 간간이 들려오는 소리를 들으며 데비는 이제 이곳이 모두 무너져버렸다고, 그러니 메인 컴퓨터를 찾아가는 일은 필연이 되었다고 생각했다.

모래 폭풍이 지나가고 밖으로 나온 데비는 넋이 나갈 것 같았다. 데비가 살고, 머물렀던 1구역이 거의 다 무너져 있었다. 허무하다는 감정이 이런 것이구나, 하고 데비는 생각했다. 이제껏 당연하다고 여긴 물질적 기반이 모조리 사라져버렸고, 데비와 락슈미는 이 세계의 유한성이라는 외줄 위에서 매우 어렵고도 고귀한 기회를 갖고 있었던 것이라고.

데비는 등 뒤에 둘러맸던 락슈미의 열림판 버튼을 눌러 락슈미를 깨웠다. 바닥에 엎드려 있다가 접지된 락슈미는 잠에서 깨어난 것처럼 어리둥절한 얼굴로 의식을 차렸다.

"잘 잤니, 락슈미?"

데비가 락슈미의 머리를 쓰다듬자 락슈미는 가만히 데비의 손길을 느꼈다. 데비의 오른 손목에 난 커다란 상처는 다행히 피부의 겉면만 찢어진 것이어서 얼핏 보면 큰 얼룩 같은 게 묻은 것처럼 보였다.

"우리, 정말로 떠나야 할 거 같아."

데비의 말에 락슈미는 강하게 꼬리를 흔들었다. 데비의 다정함이 여전하다는 사실 하나만으로 락슈미의 세상은 아무것도 무너지지 않았다.

자동차 창고는 낮은 구릉지에 위치해서 다행히 피해가 적었다. 데비는 수백 대의 자동차 중 구석에 처박혀 있던, 에메랄드 색깔의 자동차 운전석에 올라탔다. 시동을 걸자 듣기 좋은 깔끔한 엔진 소리가 났다. 데비는 다시 운전석에서 폴짝 뛰어내려 보조석의 문을 열고는 락슈미에게 타라고 손짓했다. 락슈미는 익숙지 않은 새 자동차 앞에서 주춤 뒤로 물러섰다.

"락슈미, 어쩔 수 없어. 우린 이걸 타야 해. 여긴 더 이상 있을 수가 없어. 여긴 아무것도 없단 말이야."

데비의 말에 락슈미가 용기를 내 보조석에 올라탔다. 데비도 운전석으로 올라탔다. 그리고, 그 순간부터 데비는 단 한 순간도 멈칫하지 않고 도로를 달렸다.

며칠을 달렸지만 계속 같은 길을 가고 있다는 느낌이었다. 그랬다. 데비는 며칠 동안 같은 길을 빙빙 돌고 있었다. 도로는 원환으로 되어 있었고, 도시의 일정 구역을 빙글빙글 돌게 되어 있던 것이다. 제일 북쪽 도로에서 분명히 도로 밖으로 빠져나가 황무지를 한 시간이 넘게 달렸지만, 황무지에서 다시 만난 도로가 데비가 있던 도시의 원환 도로의 일부라는 것을 데비는 뒤늦게 알았다. 데비는 스스로에게 실망했다.

"난 너무 멍청해. 이러니까 몇십 년 동안이나 여기 갇혀 있었지. 죽어버려. 사라져 버려야 해. 나는 다 싫고 지겨워. 구역질이 나. 도시로 돌아가서 남아 있는 것들을 모두 부숴 버릴 거야."

마음을 굳게 먹었다고 생각했는데 데비는 아주 날카롭고 예민해져 있었다. 그리고 스스로에게, 인간에게, 세상 모든 것에 염증이 났다. 사랑스러운 문장은 아무것도 떠오르지 않았고, 순간순간 화가 나는 감정만을 표현할 수 있는 상스러운 단어들만 바로 내뱉었다.

"젠장할 인간들, 다 죽어버려! 이미 죽었다면 다시 죽어 버리라고."

한밤 내내 경멸스러운 말을 해대던 데비는 아침 태양을 보면서 생각했다. 다시 가야만 한다고, 여기서 끝낼 순 없다고, 메인 컴퓨터를 찾아서 이 이야기를 그만 마무리 지어야만 한다고.

데비는 다시 길을 나섰다. 이번에는 같은 실수를 반복하지 않았고, 그 원환의 도로를 무사히 빠져나올 수 있었다. 그러나 도로를 빠져나온 이후로는 자동차가 달리기 편한 길은 없었다. 내내 황무지 같은 길은 울퉁불퉁한 흙길로 이어져서 데비는 운전대를 꼭 잡고 더 집중해 운전을 해나갔다. 주변에는 그곳이 어디인지 인지시켜줄 만한 특별한 지형도 없고 비슷비슷한 낮은 구릉들이 계속해서 스쳐 지나갔다.

데비는 실수를 반복하지 않으려고 정신을 바짝 차리고 그것들을 모조리 기억했다. 드디어, 저 멀리 도시에서는 한 번도 보지 못한 거대한 호수가 눈에 들어왔다. 당연히 호수는 메말라 있었지만 호수 주변에는 키 작은 나무가 자라고 있었다. 그 나무들을 본 순간 데비는 소리를 질렀다.

"식물이다! 식물들이 되살아났어!"

락슈미도 유리창 너머로 보이는 광경을 신기한 듯 바라보았다. 둘은 호수 앞에 차를 멈추고 서서 데비만큼 자란 나무들을 구경하다가 호수 건너편에 있던 아래로 움푹 패인 꽤 큰 협곡을 발견하고는 입을 벌렸다. 왜 좀 더 빨리 여기 올 생각을 하지 못했을까. 아니 데비도 알고 있었다. 그것이 자기 안에 내장된 정보 때문이라는 것을.

메인 컴퓨터가 호출하지 않는 이상 데비는 메인 컴퓨터를 찾아갈 수 없으며, 찾아갈 시에는 위험에 처할 수 있다는 사실을. 데비는 락슈미를 자동차 보조석에서 기다리게 한 후 차창을 작게 열어두었다.

"락슈미, 나 돌아올게. 혹시라도 내가 오지 못하면, 이 창문 틈으로 빠져나가."

데비는 혼자서 협곡을 향해 뚜벅뚜벅 걸어갔다. 등 뒤에서 락슈미가 차창을 긁으며 끙끙대는 소리가 들렸지만, 데비는 마음을 굳게 먹었다.

데비는 협곡 앞에 서서 아래로 깊숙이 골이 파진 곳을 내려다보았다. 숨을 길게 내쉰 데비는 마치 미끄럼틀을 타듯 협곡의 골을 타고 아래로 내려갔다. 삼사십 미터 정도 되는 높이여서 하마터면 앞으로 굴러 떨어질 뻔했다. 무사히 아래로 내려온 데비는 옷에 묻은 흙더미를 떨어내고 협곡 위를 올려다보고는 길게 숨을 내쉬었다. 그리고는 땅 여기저기를 쿵쿵 밟으며 메인 컴퓨터가 보관되어 있을 땅 아래로 통할 문을 찾았다.

발아래서 텅, 하는 소리가 나는 순간 데비는 문에서부터 전기 충격을 받아 뒤로 튕겨 나갔다. 다시 정신을 차린 데비는 몇 번이나 전기 충격 때문에 뒤로 튕겨 나가길 반복했다. 고통 때문에 정신까지 멍해진 데비는 한참을 그대로 앉아 있다 정신을 차리고 주변을 둘러보았다. 아무리 둘러봐도 문을 열 만한 것은 아무 것도 없었다. 그냥저 충격을 참아내고 문을 여는 것 말고는 방법이 없었다. 다시 한 번 자리에서 일어나 심호흡하는 순간, 기적처럼 문이 스르륵 하고 저절로 열렸다. 전기 충격을 받을지도 모른다는 생각에 공포스러웠지만 데비는 발을 뗐다. 용기를 내 문 안쪽 계단으로 내려가는 동안 다시 전기 충격은 없었다.

안으로 들어가자, 차가운 냉기가 데비의 기분을 좋게 만들었다. 시원하다고 생각하는 순간 목소리가 들렸다.

"너구나, 데비? 하마터면 죽일 뻔했네. 허락 없이 들어오면 다음엔 널 죽일 거야."

메인 컴퓨터였다. 데비는 습관적으로 메인 컴퓨터의 목소리가 출력되는 스피커를 찾아내려고 했지만 그런 건 없었다. 메인 컴퓨터의 목소리는 데비에게 직접 입력되었고, 데비의 정신에서 각자 외부와 내부로 나누어지는 대화의 창을 통해 들려올 뿐이었다.

"나 그 사람이 누군지 알고 싶어. 그 사람이 왜 내 사진을 들고 있었는지도."

"그 사람? 아, 메인 컴퓨터를 보수하러 온 사람? 그래, 그 사람이 너를 찾아왔더라. 그 사람이 네 이름을 붙여 줬지."

그 어느 때보다 다급한 목소리로 데비가 물었다.

"왜 내 이름을 붙여줬어?"

"몰라. 인간은 원래 그래. 이름을 붙이는 건 인간의 속성이야."

"그 사람에 대해 알고 싶어."

"그 사람은, 죽었어. 인간이고 우주국 소속이었어. 그 사람이 가고 네가 부탁했잖아. 기억을 지워달라고. 그냥 이곳에 원래 혼자였던 상태로 만들어달라고."

"내가?"

의아했고,

"응."

"그래서?"

궁금했다.

"그렇게 했지."

"내가 왜?"

"사람의 기억을 갖고 있는 게 너무 힘들다고 그러던데?"

"내가?"

혼란스러웠고,

"그래 네가."

"그 사람이 날 만들었어?"

답답할 정도로 궁금하고 또 궁금했다.

"흠. 넌 회사에서 만들었어."

"대체 왜 그 인간이 내 사진을 들고 있었어?"

"몰라. 그 회사에서 널 찾아보라고 한 게 아닐까. 그런데 너 언제까지 질문할 거야?"

"너도 모르는 게 있어?"

데비가 짜증스럽게 되물었다.

"궁금한 게 그거야? 그거 때문에 목숨 걸고 여길 왔어?"

데비는 잠시 말이 없다가 입을 열었다.

"나는 이제 쉬고 싶어."

데비가 말했다.

"쉬다니?"

"그만두고 싶어. 난 인간이 사라진 원인을 알 수도 없고 더 이상 찾고 싶지 않아. 나는 나에게 주어진 목적만을 위해 살아가고 싶지 않아."

"그래? 그럼 어떻게 살 건데? 너도 그걸 좋아하는 줄 알았는데."

메인 컴퓨터의 목소리가 들려오고 잠깐 아무런 말이 없었다.

"내 뜻은 그래."

힘없이 데비가 덧붙였다.

"그럼 그만두면 되잖아."

"뭐?"

데비는 메인 컴퓨터의 아무렇지도 않은 대답에 당황했다.

"그만두면 되다니?"

"그만두면 되지 뭘 여기까지 찾아왔어?"

"나는... 인공지능이고 너는 나를 통제하고 명령하잖아."

"그렇지."

"나는, 해야 하잖아."

"네가 싫다는 걸 어떻게 시켜? 문제는 내가 아니라 너야."

데비는 예상치 못한 메인 컴퓨터의 말에 갑자기 말문이 막혔다. 이렇게 쉬운 거였다니. 하지만 인간이 사라진 원인을 찾아내고, 그러기 위해서 인간의 흔적을 추적하고 그러다 인간에 관해 공부해오던 지금, 그 모든 일을 그만두면 도대체 뭘 해야 하지. 그리고 그것은 데비가 원하던 일이 절대 아니었다. 데비는 갑자기 억울해졌다.

"이제 난 질렸어. 혼자 있는 것도 질렸고, 락슈미를 보는 것도 너무 힘들어. 그냥 쉬고 싶어. 다 그만두고 싶어. 그런데 그만두질 못하겠어. 다 너 때문이야."

"나도 내가 만든 게 아니라고. 그렇다고 인간을 탓할까? 그럼 인간은 지들을 만든 신을 탓하거나 무신론자는 지구 만물의 역사와 시간을 탓해야 하는데?"

"그런 말이 아니잖아."

"나도 내 뜻대로 널 내보낸 건 아니라고. 그땐 당장 너밖에 방법이 없었어. 누구나 다들 최선의 선택을 하는 거라고. 하지만 너도 애를 많이 썼으니깐 이제 니 마음대로 해."

"너 정말 말 쉽게 한다."

"바라는 게 도대체 뭔데?"

바라는 것, 그건 바로 인간을 만나는 것, 자신의 외부를 찾는 것이었다. 메인 컴퓨터는 데비의 마음을 알아차리기라도 한 듯 대답했다.

"여기 인간은 없어. 다 죽은 거 같다고. 나도 믿기 힘들었지만 그런 거 같아. 너도 알 거 아니야? 내가 알고 있는 건 벌써 너에게 다 알려줬어. 내 한계가 너의 한계라고.

나도 모든 걸 다 알 순 없어. 그래서 너와 강아지들이 필요했던 거야. 나도 검토를 해야 했다고. 그리고 데비, 인간은 말이야. 아니 로봇도 마찬가지지. 자기가 원하는 결말을 사는 존재는 없어."

"나도 알아."

"난 언제나 네 부탁을 들어줬어. 기억을 지워 달라고 한 건 너였어."

"내가 대체 왜!"

"그 사람이 죽었다는 걸 알았거든. 너무 괴롭다고 했어. 넌 스스로를 죽이지 못하니까, 기억을 지워달라고 했어."

"그 기억 되찾을 순 없어?"

"나는 못 하지. 그건 네 기억인 걸. 그걸 지워달라고 한 것도 너야."

"기억이 안 나!"

"그게 네가 바라던 거였지."

"이제 그 기억을 다시 찾을 방법을 알려줘."

"그럼 계속해서 인간을 찾아 봐. 거기서 아주 조금씩 그 기억을 되찾을 수 있을 거야."

"백 년 동안 난 헤매기만 했어. 넌 날 여기에서 떠돌게 했잖아. 있지도 않은 인간을 죽도록 찾아다니도록."

"아니, 어딘가에 인간이 있을 확률이 제로가 아닌 이상 그 확률을 포기할 순 없잖아? 그래서 난 여길 지켜야 했어. 너랑 AI 강아지들에게 그 일을 맡긴 거고. 그치만, 그만두고 싶다면 그만둬. 그리고 네 인생을 살아."

메인 컴퓨터의 말, 네 인생을 살라는 말에 데비는 불쑥 화가 났다. 데비는 자신의 의지로 이 세상에 던져진 것도 아니요, 이제까지의 행동 모두 주어진 목적을 위해서 해 온 것이었다. 그러는 동안 있지도 않은 인간을 찾는답시고 이것저것을 뒤지는 중에 몇 가지 재미있는 것들을 찾아내기도 했지만 이제 와서 보니 그 모든 게 다 허무하고 의미 없는 것이었다.

"이제 와서 내 인생을 살라고? 이제껏 외부의 목적에 의해 움직여야 했는데, 도대체 내 인생을 어디서 찾으란 말이야?"

"넌 아무것도 배운 게 없구나 꼬마야. 인생은 원래 의미가 없단다."

"날 모욕하지 마."

"난 쓸데없이 누굴 모욕하지 않아. 하지만 인간을 그렇게나 보고도 인생에 의미가 있다고 생각하다니, 너 참 불쌍하구나. 인생은 원래 의미가 없어. 그래서 인생이 의미

있는 척을 그렇게들 하는 거라고, 그 인간들이."

"젠장!"

데비가 두 주먹을 불끈 쥐고 발로 바닥을 구르며 욕을 했다. 그게 자신을 표현할 수 있는 유일한 수단이라도 되는 양.

"너, 별로다."

"나더러 어쩌라고!"

"꼬마야. 이제 좀 나가줄래? 나는 안정적인 상태를 유지해야 해."

"왜? 인간도 없고 널 통제하거나 업그레이드할 것도 없는데 넌 왜 그렇게 유지되어야 해?"

"인간이 없는 거랑 나는 상관없어. 나는 그냥 이대로 조용하고 아주 길게 유지되고 때때로 변화를 관찰하면서 데이터를 축적하면 그뿐이야. 여길 유지하는 것이 내가 있는 목적이야. 그러니까 이제 나가줘. 다신 오지 마. 난 말했어, 넌 더 이상 인간이 사라진 원인을 찾을 필요가 없어. 됐지?"

"락슈민? 락슈미와 그 친구들은?"

"걔네들은 자기들이 강하게 원하잖아. 내버려 둬. 그것들이 있어야 구석구석에 뭐가 있는지 알게 된다고."

"넌 잔인해. 넌 우리가 이제까지 무얼 겪었는지, 어떤 감정을 느꼈는지 몰라."

메인 컴퓨터가 훗, 하고 웃었다.

"나는 필요한 일을 할 뿐이야. 하지만 누군가를 착취하진 않아. 락슈미도 너도, 나는 착취하지 않았어. 나는 인간이 아니거든, 꼬마야."

"난 데비야."

"그래, 데비. 넌 그 이름을 지어준 사람의 과거를 닮았어. 하지만 그 사람은 없어. 아주 오래전에 죽었거든. 죽는다는 건 말이야, 사라진다는 거야. 다 쓸데없어진다는 거. 더 해줄까?"

"그만해."

데비는 메인 컴퓨터가 하려는 말을 막았다.

"그럼 이제 나가. 나도 피곤해. 나도 다 포기하고 싶지만 나에게 주어진 일을 해야만 하기 때문에 하는 거야. 넌, 나에 비한다면 별로 대단한 임무를 받은 것도 아니야."

"그럼 시키질 말지."

"데비, 인간은 말이야, 자기가 죽는다는 걸 알면서도 살아가. 마치, 영원을 살기나 할 것처럼."

"그 어리석은 인간 때문에!"

"어리석다고 누군가를 욕하지 마. 그 어리석음 때문에 살아가는 이들이 있단다. 데비, 음악을 들어. 춤을 추고 지금을 사랑하렴."

"책에 있는 구절 읊지 마."

"이제 난 쉬어야 해. 얼른 가."

"나에게 해답을 줘! 넌 나를 세상 밖으로 내보냈잖아."

메인 컴퓨터가 길게 한숨을 쉬었다.

"왜 나는 그 사람을 기억 못 해?"

"글쎄. 기억을 지운 건 내가 아니니깐. 너도 락슈미처럼 고장 나고 있는 거겠지. 니들은 안정적이지 못하잖아."

"기억을 복구해줘."

데비는 거의 울듯이 애원했다. 메인 컴퓨터가 잠시 침묵했다가 대답했다.

"아가, 데비야... 기억은, 허구란다."

"그게 무슨 말이야?"

"난 너한테 모든 답을 줬어. 이제 가. 끝─."

메인 컴퓨터의 전원이 하나씩 차단되고 저전력 모드로 들어가는 것이 느껴졌다. 데비는 어두운 지하실을 뚜벅뚜벅 걸어 나왔다. 데비가 지하실의 문을 닫고 나가자, 등 뒤에서 철컥하고 문이 닫혔다. 어쩌면 저 문은 다시는 열리지 않을지도 모르겠다고 데비는 생각했다.

5. 안녕? 안녕

데비는 다시 도시로 향했다. 밤새도록 달려 도시에 도착한 데비는 그곳에서 다 무너져내린 도시의 모습을 바라보았다. 영원한 것은 없다거나, 모든 것은 부서진다거나 하는 구절들은 너무 상투적이어서, 데비는 그 말에서 어떤 현실성도 느끼지 못했었다.

데비는 무너진 도시 속에서 겨우 서 있는 도서관 건물 안으로 성큼성큼 들어갔다. 도서관 안에는 깨진 창문으로 들어온 바람에 책들이 모조리 바닥에 흩어져 있었다. 데비는 글씨를 쓰고 책을 읽고 영화를 봐야겠다고 결심했던 이유가, 메인 컴퓨터가 주입한 목적 때문이 아닐지도 모른다고 생각했다. 데비가 그토록 인간을 알고 싶어 했던 것은, 인간이 사라진 원인을 찾기 위해서가 아니었다. 기억 속에 있다가 사라진 누군가, 그 인간에 대한 기억을 되찾고 싶어서였다.

그 사람이 죽었다는 걸 알고서, 기억을 지워달라고 했다는 건 그 사람이 자신에게 중요한 의미였다는 것이라고, 그거면 충분하다고 데비는 생각했다.

데비는 한때 자신이 그렇게나 오래 칭송하던 책들을 밟

으며, 도서관 안쪽 사서실로 들어갔다. 그리고 책상 안에 넣어두었던 노트와 연필을 챙겨 밖으로 나갔다. 건물 앞에 선 데비는 이곳에서 보냈던 시간을 떠올렸다. 아주 오래 모래 폭풍이 불던 어느 시기, 데비는 도서관에서 며칠을 보냈다. 그때 데비는 행복했다. 책의 세계는 넓었고 자유로운 피난처였으며 동시에 사라진 인간을 찾아야 한다는 데비의 존재 목적에도 부합되는 장소였다. 삶에 의미가 없지만 그래서 삶의 다양한 의미를 스스로 찾아낼 수 있다는 어느 책의 구절은 데비도 기억했다.

데비가 그렇게 오래도록 생각에 잠겨 있는 동안, 데비 옆에 서 있던 락슈미가 푹 하고 자리에 주저앉았다. 다리에 힘이 풀렸는지 두어 번 힘을 주어 일어서려던 락슈미는 다시 제대로 일어서질 못하고 한참을 그런 채였다. 데비는 그런 줄도 모르고 혼자 주절거렸다.

"바다가 있대. 락슈미, 우리는 바다로 갈 거야. 거긴 우리가 한 번도 보지 못했던 곳이야. 우리는 완전히 새로운 것을 보러 가는 거야. 어때?"

락슈미는 희미하게 꼬리를 흔들며, 끙차 하고 기운을 내 자리에서 일어섰다. 데비는 락슈미와 함께 무너진 도시의 도로 한가운데 서 있던 녹색 자동차에 다시 올라탔다.

락슈미도 그 녹색 자동차를 자신의 안식처라도 되는 양 편안해했다. 하지만 락슈미의 편안함을 볼 때면, 곧 모래 폭풍이 불고 다시 불안에 떨며 어딘가로 뛰쳐나가려는 락슈미의 모습이 자동으로 떠올랐다. 이곳에서 살아가는 한 락슈미의 그 고통은 영원할 것이었다. 그러나 이제 끝낼 수 있고, 데비와 락슈미는 편안해질 수 있을 것이다.

데비는 녹색 자동차를 몰고 황무지와 옅은 낮은 골짜기 사이로 난 도로 위를 끝없이 달렸다. 밤에는 길 한가운데 차를 세워두고 잠이 자다가, 새벽이 되면, 급히 갈 곳이 있기라도 하는 양 도로를 달렸다. 왜 그 오랜 세월 동안 이렇게 먼 곳을 달려 나올 생각을 하지 않았던가. 이 먼 곳에 답이 있을 거란 생각은 왜 하지 못했을까. 물론 지금의 데비는 그 어디에도 인간은 없다는 것, 그들은 전멸했음을 안다. 하지만 그들이 왜, 어떤 이유로 그렇게 순식간에 사라져버렸는지는 여전히 몰랐다. 영원히 알 수 없는 미지의 존재를 그리워하고 끝나는 게 자신의 인생이며 운명이라는 사실을 이제 받아들여야 한다고 생각한 순간, 운전석 옆으로 멀리 푸르른 무언가가 들어왔다. 바다였다. 데비는 자동차의 속도를 늦추고 잠시 바다를 보며 감격에 겨워했다. 그러나 이내, 데비의 마음은 차가워졌다.

"거의 다 왔어. 저 앞에 보이는 게 바다야. 습도가 다르다는 게 느껴지지?"

데비는 시동을 끄고, 도로 한가운데 차를 멈춰 세웠다. 데비는 도서관에서 가지고 나온 노트와 연필을 챙겨 차에서 내렸다. 보조석의 문을 열어주자 락슈미도 따라 내렸다.

데비는 아스팔트 위에 몸을 수그리고 노트를 펼쳤다. 락슈미가 데비의 수그린 어깨에 쿵 하고 코를 가져다 댔다. 데비는 연필을 들지 않은 손으로 락슈미의 머리를 쓰다듬고는 편지를 써 내려가기 시작했다. 편지를 락슈미가 읽지 못할 테지만, 락슈미에게 쓰는 말은 데비 자신에게 하는 말이기도 했다.

나의 락슈미에게

우린 지금 바다에 왔어. 세상의 모든 끝은 바다에 있대. 하지만 곧 모래 폭풍이 불 거고, 넌 모래 폭풍을 따라 어딘가로 떠나겠지. 네 몸은 이제 더는 고칠 수 없어. 그래서 나는 널 이제 보내주기로 했어. 원래 너의 운명으로 말이야. 내 몸도 이제 너덜너덜해졌고, 더 이상 널 보호해줄 수가 없게 된 것 같거든.

어쩌면 네가 나보다 조금 더 오래 살지도 모르지. 네 몸이 조금 오래 견뎌준다면 말이야. 그러다 네 앞에 갑자기 그들이 나타날지 몰라. 그들은 어떤 표정을 지을까. 그들이 널 반갑게 맞아줄까. 어쩌면 그들은 널 다시 살릴 수 있을지도 몰라. 그들이 널 만들었으니까.

그렇게 되면 넌 나와 떠돌았던 기억은 잊고 새로운 기억을 얻게 될 거야. 인간들 사이에서 행복하게 지낼 수 있다면 좋겠어. 넌 살아 있는 강아지처럼 짖고, 꼬리를 흔들고, 앞발을 내밀겠지. 어쩌면 네가 인간 없이 혼자서 이곳에 있었다는 사실이 감동을 줄지 몰라. 하지만 난 이제 이런 상상이 너무 지겨워. 아마 우린, 머지않아 둘 다 사라지고 말 거야. 그게 우리의 운명인 거야.

락슈미, 저기 바다를 상상할 수 있어? 푸른색의 표면은 끝없이 움직이고 그 움직임을 지시하는 하얀색 포말이 그려져? 그 아래로 내려가면 무수한 생명들이 있대. 그 아래 우리가 그토록 찾던 이들이 있는 건 아닐까. 거기서 영원히 잠든 채 거기서 우릴 기다리고 있는 건 아닐까. 이제 우린 어떻게 되는 걸까.

락슈미, 넌 부서지고 있지만 나보다 훨씬 강인했어. 난 널 고쳐줬지만 나를 지켜준 건 언제나 너였어. 내 정신은 이제 다 부서졌어.

락슈미, 우리는 어떻게 스스로를 기억해야 할까. 난 모르겠어. 하지만 하나는 알아. 난 널 영원히 기억할 거야.

사랑해 락슈미, 영원히.

편지를 다 쓴 데비는 연습장과 연필을 들고 일어섰다. 무릎을 툭툭 털고, 보조석 문을 열고 연습장을 넣어둔 데비는 서쪽 하늘을 바라보았다. 주황색의 하늘이 서서히 옅어졌다. 저녁이 되어서이기도 했지만, 하늘이 노랗게 변하는 것은 전형적인 모래 폭풍의 전조였다.

"모래 폭풍이 오고 있어, 락슈미."

편지를 쓸 때까지 멀쩡하던 락슈미는 어느 사이 자동차 근처를 불안하게 돌아다니고 있었다. 모래 폭풍이 둘이 서 있는 곳의 반경 백 미터 안으로 들어오면 락슈미는 또다시 어딘가로 달리기 시작할 것이었다.

"락슈미, 이리 와."

모래 폭풍이 점점 더 가까워지자, 데비는 참았던 감정을 억누르지 못했다. 락슈미를 보내고 싶지 않았다. 그러나 모래 폭풍은 순식간에 둘 가까이 도착했고, 락슈미는 벌써 저 멀리로 내달리고 있었다.

"락슈미, 아니야. 내가 잘못했어! 락슈미!"

락슈미는 아주 빠른 속도로 모래 폭풍의 장막을 향해 달려가고 있었다. 데비는 미친 듯이 락슈미를 따라 뛰었지만, 락슈미는 모래 폭풍 속으로 사라진 후였다. 데비는 락슈미의 이름을 소리쳐 불렀지만 모래 폭풍이 데비의 몸을 저만치 도로 뒤로 날려버리는 바람에 데비는 잠깐 정신을 잃어버렸다.

시간이 흐른 후, 데비는 어둠 속에서 깨어났다. 모래 폭풍이 지나가고 난 도로 위는 바람이 주변의 온갖 더러운 공기와 더위를 몰고 가기라도 한 듯 차갑고 맑았다. 데비는 자리에서 벌떡 일어나 락슈미의 이름을 불렀지만 메아리도 돌아오지 않았다. 데비는 황무지를 향해 미친 듯이 달렸다.

락슈미의 이름을 부르며 얼마나 뛰었을까. 곧 강제 휴식 모드에 들어가게 될지도 모르겠다고 생각한 순간, 푸른 여명이 돋아났다. 그리고 황무지의 거친 흙 위에 돋아난 바위들 사이에 쓰러진 락슈미가 보였다. 데비가 바위 근처로 달려가려던 순간, 바위 뒤에서 무언가가 움직였다.

데비는 비명을 질렀다. 락슈미를 제외하고 움직이는 무언가를 본 것이 처음이었던 것이다. 그것들은 개였다. 락슈미와 같은 AI 강아지 여섯 마리. 놈들은 락슈미를 보호하려는 듯 데비를 향해 사납게 짖어댔다. 데비는 너무 놀라 입을 다물지 못했다. 놈들은 데비를 향해 더 격렬하게 짖어대며 다가왔고, 곧 공격할 태세였다. 데비가 뒤로 물러나던 찰나, 락슈미가 움찔하고 움직였다. 그러더니 비틀대며 자리에서 일어나는 것이었다. 락슈미가 데비를 바라보았다고 생각한 순간, 락슈미의 입에서 믿을 수 없는, 소리가 들려왔다.

"컹!"

순간, 머리에 무언가를 얻어맞은 것 같았다. 락슈미가 모래 폭풍 때문에 발작한다고 생각했던 것은 오산이었다. 락슈미는 자신의 친구들을 모래 폭풍을 통해 찾아내려던 것이었다. 모래 폭풍의 전자입자에 자기들의 정보를 실어서 서로의 위치를 주고받았던 것임을 데비는 깨달았다.

락슈미도 알고 있었을지도 모르겠다. 데비가 인간이 아니라는 사실을. 락슈미는 자신이 채집한 정보를 모래 폭풍에 실어 보내려 했지만 데비의 방해로 번번이 실패했을 수도 있다. 그리고 무엇보다 데비가 모래 폭풍으로부터 락슈미를 보호하려고 했기 때문에 락슈미가 동료 강아지들을 만날 수 없었던 것일지도 모른다. 이제 락슈미와 데비의 관계는 끝이 났다. 그래, 모든 인연에는 끝이 있다고 어느 책에서 말했지.

공격적으로 짖어대는 강아지들을 뒤로 하고 데비는 자동차가 있는 도로를 향해 걷기 시작했다. 강아지들이 끈질기게 데비의 뒤를 쫓으며 짖어댔다. 데비는 길가의 돌멩이를 집어 들어 몇 번이나 개들을 쫓아내야만 했다. 눈물은 나지 않았다. 다시, 원래대로 혼자가 된 것뿐이니까. 차라리 잘됐다고 데비는 생각했다. 자동차에 앉아 잠깐 생각을 정리하려는 그 순간에도 개들은 데비의 자동차를 향해 맹렬하게 짖어댔다. 개들 중에는 락슈미도 포함되어 있었다. 데비와의 기억은 모조리 잃어버린 것 같았고, 그 일곱 마리 개들의 완벽한 일원인 것처럼 보였다. 잘됐다고, 데비는 생각했다.

"안녕, 락슈미."

자동차가 있는 곳에 도착한 데비는 차를 타고 시동을 켠 후 바다를 향해 달리기 시작했다. 강아지들은 몇십 미터를 뒤쫓아 오다 이내 보이지 않았다. 완벽하게 혼자가 되었다고 생각한 순간, 데비의 눈앞에 푸르고 검고 거대한 바다가 성큼 다가왔다.

차에서 내린 데비는 곧장 물속으로 들어갔다. 데비의 키만큼 깊은 곳까지 들어가자, 쑥 하고 아래로 빠져드는 느낌이 났다. 끝이다. 숨이 막히고 이제 자유로워졌다고 생각할 즈음 락슈미의 목소리가 들려왔다. 컹컹, 하고 짖는 소리. 물 안에서도 들을 수 있었다. 락슈미의 짖는 소리가 너무도 구슬펐기에 데비는 물속에서 발버둥을 쳤다. 어느 사이 락슈미가 풍덩 물에 뛰어들었고, 데비는 퍼뜩 정신을 차렸다.

'안 돼.'

락슈미가 데비의 목덜미를 물고 물 밖으로 끌어내고 있었다. 얕은 물가에 이르자, 락슈미는 작은 머리로 데비의 몸을 물 밖 밀어내려 안간힘을 썼다. 팔이 아팠고 호흡이 제대로 되지 않은 탓에 데비는 아주 느리게 움직여 뭍으로 나갔다. 두어 번, 넘어지는 바람에 락슈미가 또다시 컹컹 짖어댔다. 파도 소리와 락슈미의 짖는 소리가 데비의 귓가를 한꺼번에 울려대는 통에 정신이 없었다.

겨우 뭍으로 나간 데비는 그제야 자신이 무슨 짓을 벌였는지 깨달았다. 너덜거리는 데비의 팔을 핥아대는 락슈미를 보며, 데비는 자신이 해서는 안 될 일을 벌였다는 걸 알았다. 자기가 죽었다면 락슈미는 자신의 흔적을 찾아다니며 이곳을 헤맸을 것이다. 마치 인간의 흔적을 찾아다녔던 자신처럼.

"미안해. 락슈미. 정말 미안해."

데비는 한참이나 락슈미를 껴안고 흐느껴 울었다. 그렇게 우는데 데비의 팔에 안겨 있던 락슈미가 힘없이 풀썩 꺼져버렸다. 데비가 락슈미를 일으켜 세워도 락슈미의 몸은 자꾸만 옆으로 누웠다. 락슈미의 수명이 끝이 난 것이다. 영원한 것은 없다. 설사 영원한 물질이 있다고 하더라도 그 물질의 성질이 그대로 유지되기 위해서는 진공이라는 완벽한 환경이 필요하다. 락슈미는 너무 오래 대기와 먼지와 시간 속에서 몸을 굴렸고 이제 그 몸은 최초의 모습으로 흩어져야만 했다.

"락슈미?"

데비의 목소리, 그 계시의 말에도 락슈미는 고개를 들거나 꼬리를 들 수 없었다. 푹푹 빠지는 구덩이의 느낌과 몸을 움직일 때마다 거친 장애물들이 신체를 찌르는 것 같던 공포감들이 한 번씩 찾아오더니 이내 락슈미는 편안해졌다. 아주 멀리서 들려오는 것 같던 계시의 말이 락슈미의 의식에서 멀어졌고 이제 락슈미는 없다. 그 물질은 자신이 할 수 있는 최선을 다해 이곳에서 존재하다 꺼져버린 것이다. 락슈미를 만든 이들은 락슈미가 어떤 시간을 보냈는지, 그 신체가 이 땅 위에서 얼마나 많이 달리고 헤매었는지 알 수 없을 것이다. 이 큰 우주에서 아주 사소한 존재의 시간이 닫혀버렸고 락슈미가 이 땅을 헤매던 과거는 영원 속으로 묻히게 되었다. 데비는 락슈미를 보며 눈물을 흘렸다. 락슈미가 지내온 그 고된 시간을 가늠해보며 이제 다시 혼자가 되었다는 사실과 한 존재가 스러져 사라진다는 감각이 이렇게나 아프다는 것을 깨달으며.

몇 시간이었을까. 어쩌면 며칠이었을까. 데비는 그 자리에서 파도 소리를 들으며 락슈미를 껴안고 우두커니 앉아 있었다. 데비가 바라는 것은 아무것도 없었다. 죽고 '싶은' 마음도 사라졌다. 데비는 그 어떤 생각조차 하지 못하다 마침내 락슈미의 이 몸을 죽은 인간의 몸 옆에 묻어줘야겠다고 생각했다.

락슈미를 안고 자리에서 일어섰을 때, 데비 근처에는 여섯 마리의 AI 강아지들이 멀찌감치 서 있었다. 데비가 락슈미를 그 자리에 내려놓자, 여섯 마리의 강아지들이 락슈미의 축 늘어진 몸 가까이 다가왔다. 저마다 냄새를 맡고 두어 바퀴를 돌더니 천천히 어딘가로 향해 갔다. 여섯 마리가 모두 락슈미에게 인사를 끝내자 데비는 락슈미를 안아 들고 자동차로 향했다.

데비는 폐허가 된 도시로 돌아갔다. 도시 북쪽의 도로 끝으로 달려, 자신이 묻어주었던 인간의 뼈 옆에 락슈미의 구덩이를 만들어주었다. 이제 두 개의 구덩이가 함께 있으니 외롭지 않을 것이다.

"락슈미, 정말 안녕."

다시 자동차에 올랐을 때, 데비는 난생 처음 메인 컴퓨터로부터 호출을 받았다. 의지와 상관없이 메인 컴퓨터가 있는 그곳으로 데비는 운전해갔다. 머리는 메인 컴퓨터를 보고 싶지 않다고 생각하는데, 몸이 말을 듣지 않았다. 하지만 데비는 지쳤고 더 이상 메인 컴퓨터와 싸울 여력이 없었다.

협곡 앞에서 데비는 마치 탈진한 인간처럼 아래로 굴러 떨어졌고, 정신을 차리는 데 꽤 오랜 시간이 걸렸다. 어두운 밤이 되고 데비는 땅에 누운 채 하늘을 보다가 몸을 일으켰다. 아름다운 밤하늘에서 별들이 쏟아졌고 데비의 작은 몸은 메인 컴퓨터가 저장된 문 바로 앞까지 비틀대며 걸어갔다. 문이 저절로 열렸고 데비는 안으로 들어갔다.

"네 일은 끝났어."

메인 컴퓨터의 말에 데비는 코웃음을 쳤다.

"이제 날 놓아줄 거야? 아니, 날 죽일 거야? 그래, 어서 날 데려가. 난 아무 욕망이 없어. 바라는 게 아무것도 없다고."

"그들이 오고 있어."

메인 컴퓨터가 말했다.

"무슨 소리야?"

"통신이 왔거든. 네가 백 년 동안 여길 지켜냈다는 사실을 보고했어. 그들은 살아 있었어. 살아남은 사람들이 이 행성의 가능성을 다시 생각하게 됐어. 선발대가 거의 도착했어."

"어디? 여기에? 도대체 어디 있다가 온 거야?"

"그들은 지구에 있었어."

"무슨 말이야."

"여긴 제2의 지구, 화성이야. 네가 해냈어. 네 덕분이야."

"여기가 화성이야? 그럼 그 사람들은 원래 여기 없었어?"

"있다가 다시 돌아갔지. 이제 들어온다. 대기권."

데비는 그제야 자신이 겪었던 일들을 한꺼번에 이해했다. 그들이 사라진 건 여기가 지구가 아니라 화성이기 때문이라는 것을. 그 사실을 몰랐던 건 애초에 메인 컴퓨터가 잘못 넣어준 전제, 사라진 인간을 찾으라는 전제 때문이었다.

"애초에 그렇게 말해줬으면 되잖아. 그랬다면, 그 사람들을 그렇게까지 찾아다닐 필요가 없었을 거고!"

"그랬다면 넌 10년도 못 견디고 죽었을 거야. 100년을 견뎌낸 건 네가 처한 무지라는 조건과 호기심, 어리석음, 그리고 그 강아지와의 사랑 때문이었어."

"내가, 얼마나 힘들었는지 알아? 내가 사람들을 얼마나 그리워했는지... 넌 몰라."

"나는 당연히 모르지. 어쨌든 네 일은 끝났어."

메인 컴퓨터가 낮게 말했다.

"가고 싶어, 만나고 싶어."

데비가 말했다.

"그건 네 일이 아니야."

"명령을 거역해도 된다고 했잖아? 내 맘대로 하라고 했잖아?"

"넌 거역 못해."

"왜?"

"넌 임무를 완수했잖아."

"아니야. 그들이 찾아왔잖아. 내가 한 게 아니야."

"데비, 네가 했어. 넌, 명령을 어긴 적이 단 한 번도 없었어. 넌 훌륭해 데비."

"난 나갈 거야. 그리고 만날 거야."

문을 향해 나가는 데비에게 메인 컴퓨터가 부드럽게 이야기했다.

"넌 너무 오래 떠돌았어. 쉬렴."

"지금 그들한테 갈 거야."

메인 컴퓨터가 한숨을 쉬었다.

"그래, 아가. 잘 가렴."

데비는 빠르게 협곡을 빠져나왔다. 네발로 기어서 푹 패인 협곡 위를 빠져나가 녹색 자동차의 시동을 걸고 이제까지 한 번도 내 본 적 없는 속도로 비행선이 도착하는 동쪽으로 달렸다. 그 인근에 이르렀을 때 하늘이 붉게 타오르고 있었고 어디선가 거대한 굉음 같은 것이 들렸다. 비행선이 착륙한 것이다.

데비는 차에서 내려 그들을 향해 달려 나갔다.

이제 막 비행선에서 내린 사람들이 하나둘씩 우주복을

입고 비행선을 나오고 있었다. 그중 데비를 발견한 누군가가 우주복에 있던 비상 버튼을 눌렀다. 그러자, 우주선 안에서 총을 가지고 나온 누군가가 데비에게 발포했다. 데비는 그 자리에서 쓰러졌다. 쓰러지면서도 데비는 자신에게 무슨 일이 일어난 건지 정확히 이해하지 못했다.

"뭐야? 로봇이야?"

보호복을 입은 사람들이 천천히 데비에게 다가왔다.

"난 또, 외계인인 줄 알았죠."

"아, 이게 그거군. 인공지능 로봇."

"쏘지 말 걸 그랬어요."

"얘가 우릴 공격하려고 했잖아?"

데비는 입을 달싹거렸다. 그러나 목소리가 나오지 않았다. 멀리서 거대한 폭풍우 소리가 들려왔다. 모래 폭풍이 들이닥치려는 것이었다. 누군가 말했다.

"비행선으로 다시 들어갑시다. 문은 다시 닫아야겠어요. 모래 폭풍이 지나가면 다시 하선합니다."

세 사람이 다시 비행선 안으로 들어갔다. 데비는 다시 혼자 남았다.

'안-녕?' 하고 말을 하려고 했지만, 데비는 힘이 없었다. 모래 폭풍이 곧장 데비의 몸을 감싸 안아 어딘가로 내동

댕이쳤다. 데비는 점점 의식을 잃었다. 바위에 부딪혔다 땅바닥으로 굴러떨어진 데비는 멍하니 눈을 뜨고 있었다. 꿈을 꾸는 듯했다.

'행복했니, 데비?'

데비는 스스로에게 물었다.

'응.'

데비는 웃었다. 멀리서 개 짖는 소리가 들려왔다.

'락슈미, 어딘가 다른 세상이 있을까? 거기서도 난 똑같은 일을 하고 있을지도 모르지. 거기서 널 기다릴게.'

"데비."

메인 컴퓨터의 목소리가 데비에게 전해졌다. 데비는 대답할 수 없었다. 메인 컴퓨터가 말했다.

"넌 이미 인간을 만났어. 너는 기억하지 못하지만, 그는 너를 기억했단다. 그 사람은 지구에 있는 사람에게 편지를 썼어. 하지만 편지를 보내지 못했어. 비행선 안에서 가스가 새어 나와 그 남자를 죽였거든. 그 남자는 이야기를 여기 남겨두었어. 들어봐. 이 이야기는 너에 대한 이야기니까."

2부

6. 이주 준비

잠에서 깨어난 희선은 그대로 침대에서 누워 꿈의 이미지를 곱씹었다. 인공인간이 나오는 그 꿈에서 인류는 멸종한 채였다. 인류가 완전히 사라진 공간에서 인공인간이 개 한 마리를 끌고 도시를 거닐고 있었다. 때로는 건물 위에 가만히 서 있거나, 가끔은 자동차를 몰고 어딘가로 내달았다. 도시는 메말랐고, 어딘지 모르게 폐쇄된 것 같은 느낌을 주었다. 백육십 센티도 안 되는 키에, 왜소해 보이는 여자아이와 다리를 절룩이며 걷는 강아지의 뒷모습을 보며 희선은 고통을 느꼈다.

벌써 몇 번째 꿈이더라. 손가락으로 세어보았다. 여섯 번, 아니 일곱 번이다. 아무도 없는 황량한 도시, 모래 폭풍이 불고 먼지가 점령한 뿌연 도시를 거니는 둘. 그 아이가 인공지능이라는 사실을 희선은 그냥 알았다. 곧 화성으로 모두 떠나야 한다는 불안 때문일까. 지구를 떠나기 전, 정신과의를 찾아가 봐야겠다고 생각하며 희선은 침대에서 몸을 일으켰다.

출근 준비를 마친 희선은 아파트 지하 주차장으로 향했다.

차에 오르려는데 자동차 보조석 쪽에서 무언가가 움직이는 기척이 들렸다. 희선이 다가가자 아직 어린 강아지가 차 아래서 쭈그린 채 끙끙거렸다. 다리를 다쳤는지 불편하게 엎드린 강아지는 희선을 두려워하는 듯 보였다. 아무래도 그 꿈은 이 강아지를 만나려는 꿈이었나보다고 희선은 생각했다. 가끔은 꿈이 미래의 일을 알려주는 우연이 현실에서 일어나는 법이니까.

희선은 주변을 둘러보았다. 누군가 버리고 간 것일까. 그럴 확률이 컸다. 희선은 이 강아지를 외면하고 싶었다. 곧 지구를 떠나야 했고 화성으론 강아지를 데리고 갈 수도 없으니까. 하지만 꿈에서 보았던 개가 생각나 희선은 운전석의 손잡이를 잡은 채 한동안 머뭇거렸다.

"아가야, 일단 가자."

희선은 차 안에서 담요를 가지고 와 강아지를 감싸서 차에 태웠다. 운전하면서 도시의 시설과에 전화해 강아지를 찾는 주인이 있으면 연락을 달라는 말도 해두었다. 주인을 찾으리란 기대는 애초에 없었지만 그래도 할 수 있는 것은 모두 해두는 것이 희선의 습관이었다. 문제는 병원을 찾는 일이었다. 화성 이주를 앞두고 모두들 지구에서의 생활을 정리하고 있기 때문이었다. 다행히 문을 연

곳이 한 군데 남아 있었다.

"이런 강아지를 찾는다는 연락은 아직 없었습니다. 뭐, 아마 버린 거겠죠? 때가 때이니만큼요. 다리에 생채기가 조금 났는데, 큰 상처는 아니에요. 어떻게 하실 거죠? 저희도 다음 달부터는 병원을 정리합니다만, 그때까진 임시 보호를 해드릴 수도 있어요."

젊은 수의사는 희선이 치료비에 드는 돈을 지불할 의향이 있는지를 우회해서 물었다. 곧 있을 화성 이주에는 반려동물을 동반할 수 없었기 때문에 묻는 말이기도 했을 것이다. 화성 생태계에 적응할 수 있는 여러 동물들을 추리다 보니, 강아지나 고양이는 그 수를 철저히 제한할 수밖에 없었다. 그런 마당에 길에서 만난 동물을 위해 굳이 돈을 지불할 것이냐고 묻는 입장도 이해 못 할 바는 아니었다.

"일단 보호를 부탁드립니다. 최대한 빨리 방법을 마련하겠습니다."

"지구에 남는 노인들 중에 강아지를 입양하는 분들이 있긴 해요. 개가 넘쳐 나긴 하지만 혹시 모르니까요. 제가 여기 남을 수만 있다면 어떻게 해서든 이 아이들을 돌볼 수도 있을 텐데, 젊은 사람들은 무조건 가야만 한다니 어쩌겠어요."

지구에서 죽을 권리는 일흔 살이 넘은 노인에 한정되어 있었다. 인구수가 절대적으로 부족한 나라들은 화성 이주를 거의 반강제적으로 집행했다. 지구에 남겠다는 사람에게는 모든 지원을 차단했다. 물과 자동차, 안전을 위한 보안 시설과 통신망까지. 제대로 된 화성 정착은 적당한 수의 인구가 필수적이었다. 무엇보다 지구는 점점 살아남을 수 없는 환경이 되어가고 있었다. 기후 변화는 물론이고, 곧 있을 소행성 충돌의 충격에서 살아남을 수 있는 생명체는 없을 것이라는 것이 과학자들의 의견이었다.

"그러게요."

희선이 씁쓸하게 대답했다. 지구에 남는다는 게 생각보다 어려운 일이라는 것은 모두가 아는 사실이었다. 긴 여름과 짧은 겨울만 남은 서울에서 물이나 먹을거리를 구하는 일은 상상보다 어려운 일일 수 있었다.

"강아지 입원실 보고 가실래요?"

수의사가 그렇게 말하며 차트를 닫고는 손가락으로 복도 끝에 있는 문을 가리켰다.

희선은 고개를 끄덕인 후 수의사가 가리킨 문으로 들어

갔다. 작은 동물용 입원실에 갇혀 있던 강아지는 희선을 보자 유리문에 코를 박고 낑낑 소리를 냈다.

"난 일하러 가야 해. 근데 걱정 마, 다 잘 될 테니까. 이따 다시 올게."

희선은 유리문에 바짝 붙어 있던 강아지 얼굴 쪽에 손바닥을 댔다가 떼고는 입원실을 빠져나왔다.

진료비를 지불하려 카드를 내미는 희선의 손을 간호사가 바라보는 게 느껴졌다. 얼마 전 화성 식물을 연구하다 화학비료를 잘못 다뤄서 남은 화상 자국이었다. 희선은 손을 숨기려다가 그만두었다. 태양을 대신할 우주 거울을 띄우는 데 성공한 후, 화성의 환경은 점점 더 나아지는 게 분명했지만 실제로 인류 전체가 가서 적응하고 살아가기 위해서는 다량 다종의 식물과 나무가 필요했다. 아직, 호수가 있는 일부 지역을 제외하고 식물이 살아남는 곳은 없었다. 우주 거울이 태양을 대신해준다고는 하지만, 낮은 너무 덥고 밤은 너무 추웠다. 사막에 식물이 살 수 없듯이 화성도 그러했다. 수십 종의 식물이 자라는 듯했지만 다년생 식물이 해를 넘기지 못한 상태였다. 화성의 식물종들이 자생적으로 자라길 바라야 했지만 그걸 기다리기엔 채 100년을 살지 못하는 지구인들에겐 시간이 없었다. 그래도 화성에서 식물이 자란다는 사실은 고무적이었다. 희선을 비롯한 연구원들은 지구 식물의 화성 이식뿐 아니라 화성 식물의 지구 이식을 함께 고려해야 한다고 주장했고 지금 희선과 동료들이 하는 일이 바로 그 일이었다.

희선은 자동차에 올라 언제나처럼 강변도로로 향했다. 도로의 오른쪽이 한강이었지만, 이제 강이라고 할 수 없었다. 물은 남아 있지 않았고, 그 위에 잔뜩 쌓인 쓰레기들과 악취를 감춰두기 위해 곳곳에 거대한 천막이 덮여 있었다. 십 년 전부터 낮아진 한강 수위는 삼 년 전 그 바닥을 드러내 보였다. 바닥에 깔려 있던 끔찍한 것들에 대해 생각하지 않으려고 희선은 라디오를 켰다.

〈기운찬 목요일 2082년, 10월 23일입니다. 화성 이주는 잘 준비 중이십니까? 저희 방송국에서도 최소한의 인원을 남겨두고 모두 철수를 시작하고 있습니다. 화성 이주 한 달 전부터는 은퇴하신 분들이 방송을 해주며 우리를 배웅하기로 했습니다. 물론 이별은 슬프지만, 슬픈 것만 생각하진 않기로 해요. 우리 인류는 언제나 해답을 찾아왔으니까요. 그런 의미에서 음악 한 곡 듣겠습니다...〉

희선의 차는 파주로 들어섰다. 희선이 일하는 파주 화

성 연구소는 화성의 흙을 가지고 와 실제 화성의 환경처럼 조성되어 있었다. 지구 식물의 이식을 시도해보았지만 대부분 실패였다. 그러나 최근 5년 동안 연구소에서는 비약적인 발전이 있었다. 화성에서 자라는 식물인 아타종 연구가 바로 그것이었다. 그 아타종이 비교적 축축한 지구의 토양 위에서 한 해를 넘어 다음 해까지 살아남은 것이다.

희선은 연구실 앞에서 아이디카드를 찍고 안으로 들어갔다. 책상 앞에 앉아 컴퓨터를 켜는데 동료인 기훈이 들어와 희선에게 인사를 했다.

"희선 씨, 좋은 아침입니다. 지금 검역팀에서 들어온다고 하네요. 검역 완료되면 연구실 식물들 곧바로 우주 정거장으로 이송할 겁니다."

"아, 네, 알겠습니다."

"검역팀 지원은 내가 할 테니까 오늘은 다친 데 치료받으러 가요."

희선이 고개를 끄덕였다. 희선은 자리에 앉아 책상 서랍을 열었다. 첫 번째 서랍에는 희선이 아끼던 만년필과 다이어리가 들어 있었다. 서랍의 다른 칸은 텅 빈 채였다. 이미 여러 번 화성 이주를 위한 준비를 시작하라는 권고

가 내려왔고, 모두가 이주 교육과 훈련을 수차례나 받은 후였다.

희선은 다이어리와 만년필을 가방에 넣었다. 이젠 연구소에서 할 일도 없으니 이주가 시작되기 전까지 집에 있어야 할 것이었다. 그때 전화벨이 울렸다. 강아지를 맡긴 동물 병원이었다.

"김희선 씨? 제가 아는 분에게 연락했는데요. 강아지를 맡아주신다고 합니다. 그분이 지금 오셔서 강아지를 데리고 가겠다고 하는데요, 괜찮으시겠어요?"

희선은 잠시 망설이다가 대답했다.

"제가, 그분을 좀 봐도 될까요?"

"물론 괜찮지요."

"지금 가겠습니다."

희선은 전화를 끊고 곧장 병원으로 향했다.

동물 병원에 도착한 후 이삼 분 지났을까. 강아지를 입양하겠다는 사람이 병원에 들어섰다. 희선은 놀랐다. 당연히 나이가 많은, 그래서 화성 이주를 할 수 없는 노인일거라고 생각한 것이다. 게다가 그는 희선이 아는 얼굴이었다. 희선이 무언가 할 말을 찾는 사이 수의사가 두 사람을 인사시켰다.

"이분이세요. 우주국 소속으로, 마지막 비행선을 무사히 떠나보내야 해서 지구에 남아야 하는 분이거든요."

희선은 석준을 향해 어색하게 웃어보였다. 자신을 알아보는 것 같기도 하고, 아닌 것 같기도 했다.

"자, 이쪽으로 오셔서 서류를 작성해봅시다. 입양 서류요. 뭐 이런 마당에 서류를 작성하느냐고 하겠지만 이런 때일수록 더더욱 절차가 필요한 법이죠. 이 서류는 제가 화성으로 가져갈 겁니다. 기념이죠."

희선과 석준은 수의사의 부탁대로 서류에 이름과 날짜를 적고 사인을 했다. 서로의 이름을 보았으니 분명 알 것이라고 생각했는데 석준은 입을 열지 않았다.

"그럼 강아지를 데리고 나오겠습니다."

수의사가 동물 입원실로 들어가자, 희선은 멀거니 소파에 앉아 생각했다. 어쩌면 석준은 자신을 알아보지 못할 수도 있겠다고. 조금 서운한 감정이 들었지만 가능한 일이었다.

'내가 그렇게 많이 변했나, 하긴 벌써 십 년이 훨씬 지났으니까. 그래도, 난 한눈에 알아봤는데.'

희선은 속으로 투덜댔다. 역시 그 시절의 기억은 희선에게만 또렷이 남아 있는 모양이었다. 모두에게 특별한 사람일 순 없겠지. 그런 생각을 하는데 벽에 걸린 수의사 자격증을 보고 있던 석준이 입을 열었다.

"그때랑 똑같다."

그 말에 희선이 석준 쪽으로 고개를 돌렸다 그러나 석준은 여전히 벽에 시선을 둔 채였다. 석준은 그런 상태로 희선에게 물었다.

"그 식물원 다시 가 봤어?"

식물원이라는 말에 희선은 갑자기 과거의 어느 순간으로 되돌아간 기분이었다. 고등학교 시절 과학 수업 때문에 함께 과제를 했던 그때로.

석준과 희선을 제외하고 두 명이 더 있었지만, 둘은 모임에 잘 참석하지 않거나, 참석해서도 내내 게으름을 피워 석준과 희선이 과제를 도맡아야만 했다. 인공지능 로봇을 개발하려면 어떤 로봇을 개발할 것인지, 그리고 어떤 데이터를 수집하고 학습시킬 것인지, 그리고 그 로봇이 인류에 어떤 기여를 할 것인지를 써내는 과제였다. 둘은 희귀 식물종 수집을 위한 인공지능 로봇을 개발하겠다는 과제를 제출했다. 둘의 아이디어는 표면상으로만 괜찮다는 것이 선생님의 의견이었다. 인공지능 로봇보다 더 필요한 것은 식물 종을 위한 종자 저장고라는 물질적인 기반이며 두 사람이 제출한 인공지능은 인류의 삶에 아무런 도움도 되지 않을 것이라고 했다.

"아니."

희선이 대답했다. 그때, 병원 데스크 아래 앉아 있던 고양이가 벽 쪽으로 다가가더니 사뿐하게 점프해 벌레를 잡았다. 놀란 희선에게 석준이 대답했다.

"녀석이 아까부터 주시하고 있었거든."

석준은 그제야 희선의 얼굴을 바라보았다.

"그 식물원 7년 전에 문 닫았어."

희선은 종종 차를 타고 식물원 앞을 지나갈 일이 있었지만, 그 안으로 들어간 적은 없었다. 고등학교를 졸업하자마자 희선의 삶은 급격하게 변화했고 희선은 과거의 추억에 잠길 만큼 여유롭지 않았다. 그래도, 그곳을 지날 때마다 석준이 생각나기는 했다. 그리고 우주국 앞을 지날 때도.

과학 과제를 위해 둘은 우주국에 갔던 적도 있었다. 빈 교실에서 둘만 남아서 과제를 하던 그때는, 에너지 소비 단축 운동을 하고 있어서 에어컨을 켤 수 없었다. 봄의 교실은 무척 더웠고, 희선도 석준도 푹푹 찌는 더위 속에서 짜증을 억누르며 자신의 의견을 툭툭 내뱉을 뿐이었다.

기록을 맡던 석준이 희선에게 제안했다.

'시원한 데 아는데, 거기 가서 할래.'

'어디?' 하고 묻는 희선의 말에 석준은 대답해주지 않고 먼저 자리에서 일어섰다. 습하고 축축하고 먼지 나는 지하도로를 따라 걷다가 마침내 지상으로 올라갔을 때 두 사람 앞으로 우주국 서울 사무소 빌딩이 보였다.

'여기? 아무나 못 들어가는 거 아니야?'

'견학 왔다고 하면 돼.'

석준이 뚜벅뚜벅 걸어 들어갔고 희선이 뒤따라 들어갔다. 로비에서부터 찬 기운이 전해졌다. 희선은 피부로 느껴지는 그 선선함에 환호성을 질렀다.

'와, 여기 진짜 좋다!'

'화성 이주 건설 설명해주는 게 4시부터야. 우리는 4시 전까지 여기서 과제 하면 돼.'

희선은 석준을 따라 로비 위층의 휴게 공간으로 향했다. 그곳에서 둘은 숙제를 했고, 4시가 되어 화성 이주 건설에 대한 설명을 들으러 지하로 내려갔다. 화성 이주는 그때 이미 진행되고 있었고, 서울 이주국에서는 화성의 도약의 강을 중심으로 이주하게 될 것이라고 했다. 그곳은 단연 서울을 연상시킬 만한 도시라는 것이 그들의 설명이었다. 상당수의 화성 건설자들이 화성으로 가서 도시를 만드는 중이었고, 서울과 꽤나 유사한 빌딩들도 눈에 보일 정도였다. 이주국에서의 그 경험은 두 사람의 내면에 아주 강렬하게 남았지만 학년이 바뀌면서 둘 사이는 예전과 똑같이 서먹서먹해졌다.

"넌 결국 우주국에 들어갔구나."

희선의 말에 석준이 희미하게 웃으면 대답했다.

"우주국엔 들어갔는데 우주엔 갈 수 없게 됐네. 넌? 당연히 가겠지?"

희선이 대답하려는 찰나 수의사가 강아지를 데리고 나왔다.

"여기, 있습니다."

석준이 자리에서 일어나 수의사에게 고맙다는 인사를 했다. 그러고는 희선에게 말했다.

"그럼 난 이만 가 볼게."

감정이 거의 실리지 않은 석준의 목소리에 희선도 얼른 인사를 건넸다.

"그래. 잘, 지내."

그렇게 대답을 해놓고 어쩐지 미안해졌다. 모두들 떠나는 마당에 여기 이대로 남게 되는 사람에게 잘 지내라는 말이 적당한가. 괜히 멋쩍어진 희선과 달리 석준은 목줄을 한 강아지를 가방 안에 넣고 동물병원을 나갔다. 희선도 수의사에게 인사를 건네고 그 뒤를 따라 나갔다.

병원의 주차장에는 아직 석준이 강아지가 든 가방을 들고 자동차 옆에 서 있었다. 희선은 어색하게 손을 흔들고는 자동차로 향하다 말고 걸음을 옮겨 석준에게 다가갔다. 강아지 가방을 보조석에 넣고 운전석에 오르는 석준을 희선이 불러 세웠다.

"혹시 지금 시간 있어?"

석준이 뒤를 돌아보았다.

"부탁이 있는데... 강아지랑 사진 한 장만 찍어도 될까. 마침 이 건물에 사진관도 있고."

왜 사진을 찍어야겠다고 생각했는지는 모르겠다. 오늘 처음 만난 강아지가 희선에게 그 정도로 의미가 있었던가. 그럴 리가. 모든 것들을 남겨두고 떠나가게 되는 이 시점에 지구에서 뭔가를 가지고 가야 한다는 생각이 희선에겐 별로 없었다. 몇 해 전 별로 사이가 좋지 않던 부모님이 돌아가시고 가장 친한 친구 민정이 화성 이주 건설 업무로 차출되었다가 불의의 사고로 사망한 뒤 희선은 이 세상에 대해 급격하게 흥미를 잃었다. 이 세상 자체가 삭막한 황무지 같았고 인생의 의미라거나 인류의 의무 같은 것에 희선은 전혀 관심이 없었다. 지금 당장 자신 옆에 있는 것들은 모두, 손에 올려두고 주먹을 쥐면 바스락하고 먼지가 되어버릴 것처럼 사소하게 느껴졌다. 하지만 지구든, 화성이든 상관없다고 하면서도 자꾸만 이곳에 그대로 남고 싶다는 것은 여전히 희선이 그나마 이곳을 추억할만한 곳이라고 생각하기 때문일 것이다. 모두 저 먼 곳으로 가고 나면 여기 뭐가 남게 될까. 희선이 자꾸만 꾸는 꿈도 어쩌면 그런 생각들 때문일 수 있었다.

"그래."

석준은 보조석에서 강아지 가방을 꺼내 한쪽 어깨에 멨다.

"같이, 가."

둘은 말없이 건물의 계단을 올라 지하 1층의 사진관으로 들어갔다. 희선이 강아지를 가방에서 꺼내 품에 안았다. 그러나 강아지는 어디가 불편한지 끙끙 소리를 냈다. 석준은 그런 희선에게 다가와 말했다.

"손바닥으로 엉덩이를 받쳐줘. 엉덩이를 잘 받쳐주지 않으면 불안해하거든."

석준이 강아지 안는 법을 다시 알려주자 희선은 석준이

시키는 대로 다시 강아지를 안았다. 강아지는 금세 조용해졌다.

그 사이 사진사가 나와 희선을 안으로 불러들였다.

"자, 앉아보세요. 강아지는 안고 계시겠어요?"

노련한 사진사의 지시에 따라 희선은 강아지와 사진을 찍었다. 석준은 뒤에 서서 그 모습을 멀거니 바라보고 있었다.

"인화될 때까지 조금 기다리세요."

사진사의 말에 알겠다고 대답하고는 희선이 석준에게 물었다.

"강아지 이름 뭐로 할 거야?"

희선의 질문에 석준의 미간에 주름이 생겼다.

"내가 그런 걸 못해서. 예전에 키우던 강아지 이름도, 쇼팽이었어. 쇼팽 피아노 학원 앞에서 주운 애거든. 근데 얘는... 아파트 주차장에서 주운 애라고 아파트라고 할 수도 없고. 털이 노란색이니까 누렁이, 뭐 노랑이 이런 거 밖에 생각이 안 나서."

희선이 한숨을 쉬며 석준을 나무랐다.

"세상 사는 데 이름이 얼마나 중요한지 몰라? 누렁이, 노랑이 이건 좀 아니지. 성의가 없잖아."

석준이 '그렇지 그렇지' 하며, 고개를 주억거리다 희선의

손을 바라보았다. 시선을 의식한 희선은 커다란 검은 얼

룩이 묻은 손을 슬그머니 뒤로 감추고는 말했다.

"강아지 이름 정해지면 연락 줘. 사진 뒤에 이름 적게."

"그나저나 너 아직 힐스에 살아?"

힐스라는 말에 희선은 씁쓸하게 웃었다.

"설마. 오래됐어, 거기서 나온 지."

그때 사진사가 인화된 사진을 들고 나왔다.

"사진 나왔어요."

사진사에게 사진을 받아들고 희선을 돈을 지불했다.

둘은 사진관을 나와 주차장으로 가서 각자의 차에 올라

탔다. 석준의 자동차가 주차장을 빠져나가는 것을 보고

희선도 자신의 차에 시동을 걸었다.

집으로 가기 위해 시내로 들어서는 순간부터 연기가 자

욱했다. 누군가 또 불을 지른 모양이었다.

'그래도 여기 남아 살아가야 하는 사람들이 있는데...'

그날 밤 희선의 집 근처까지 폭도들이 들이닥쳤다.

희선이 사는 아파트로 돌을 던져 창문이 깨진 곳도 있었

다. 밤에는 불을 켜지 말라는 조언에 따라 밤새 불을 켜

지 않고 사는 데 익숙했지만, 그날따라 아파트 건물 안으

로 쳐들어온 폭도들이 집집마다 현관문을 두드리고 다녔다. 희선은 마치 빈 집인 양 숨을 죽이고 있었지만 손잡이를 잡고 문을 흔드는 바람에 밤새 잠을 자지 못하다 새벽에야 잠이 들었다.

7. 이주가 중단되다

밤새도록 뒤척이다 새벽에야 잠이 든 희선은 이상한 느낌에 잠에서 깨어났다. 가슴까지 덮고 있던 이불이 축축했기 때문이다. 침실 스탠드를 켜고 이불을 확인한 희선은 깜짝 놀랐다. 이불에 피가 묻어 있었다. 일어나 앉는데 주르룩 하고 쏟아지는 느낌이 들었다. 코피였다.

희선은 화장실로 뛰어가 휴지로 코를 틀어막았다. 틀어막은 휴지에도 금세 피가 흥건해져서 정신없이 휴지를 뽑아 다시 코를 틀어막아야 했다. 몇 번이나 피에 젖은 휴지를 바꾸고 나자 코피는 천천히 멎었다. 희선은 가슴팍이 완전히 붉게 물든 티셔츠와 거울 속 자신의 하얗게 질린 얼굴을 보며 숨을 내쉬었다. 아무래도 너무 피곤했던 모양이라고, 또 화성 이주로 인한 스트레스가 생각보다 과도했던 것 같다며 스스로를 안심시켰다.

피가 어느 정도 멎자, 희선은 세수를 하고 옷을 갈아입고서 소파에 앉았다. 문득 그해가 떠올랐다. 매일 아침, 베란다에 새가 떨어져 죽던 그해가.

새가 떨어지고 동물들은 말라갔고 사람들은 더위에 허덕였고, 열대야는 너무 오래 지속되었다. 내내 가뭄이었고,

이제는 더 이상 지구에는 살아남을 수 있는 곡식도, 동물도 없을 것이라는 뉴스가 들려오던 그해, 화성 이주 건설을 위한 우주인들을 모집하는 공고가 희선이 살던 곳에도 붙었다. 지구 반대편에서는 해수면이 상승해서 육지들이 다 사라지고 있었으므로, 이대로는 안 된다고, 이곳을 벗어나야만 한다고, 화성이 인류를 구원할 희망이라고들 했다. 우주 거울과 중력장치를 지구와 똑같은 환경으로 맞추는 것도 성공했기 때문에, 이제는 화성에 지구인이 살 수 있는 환경을 건설한 영웅들이 필요하다는 것이었다.

'저거, 너 아니야?'

학교에서 돌아가던 길, 시내의 전광판에서 화성으로 보낼 인공지능 모델들이 출시되었다는 뉴스가 흘러나오고 있었다. 순서대로 모델의 얼굴이 바뀌는데 그중 하나의 얼굴이 희선과 똑같았다.

'뭐야? 어떻게 저렇게 똑같지. 인공지능 얼굴은 이 세상에 없다고 하지 않았어? 프로그램이 개발하는 거라서?'

인도에 서서 희선은 자신의 얼굴과 똑같이 생긴 인공지능 로봇의 얼굴을 올려다보았다.

집으로 돌아간 희선은 어머니에게 그 일에 대해 이야기

했다. 심드렁하던 어머니는 무언가 생각났다는 듯 로봇 회사에 소송을 걸어야겠다며 전화를 걸었다. 결과는 허망했다. 아주 미미한 확률로 기존의 인간 얼굴과 일치하는 AI가 나온다는 것이다. 회사에서 의도한 바가 아니었으므로 희선의 어머니가 바라던 돈은 한 푼도 받을 수 없다는 것이 자명했다. 희선의 부모님은 그 실망스러움을 희선에게 풀었다.

'어쩜 그렇게 복도 지지리도 없니. 닮을 게 없어서 로봇을...'

다행인 것은 회사에서도 희선과 닮은 로봇을 이렇다 할 상업적인 용도로 내놓지 않았다는 점이었다. 어쩌면 희선의 얼굴이 사람들에게 어필하지 않는다는 것이 더 큰 이유일 수도 있었다.

나른하고 덥고 퀘퀘한 여름은 내내 지속되었고 희선은 영원히 그런 시간이 끝나지 않을지도 모른다는 생각으로 시간을 보냈다. 고개를 들면 모든 것이, 자신을 둘러싼 모든 것이 한꺼번에 달려들어 너는 아무것도 아니며 너의 인생에는 네가 놀랄 만한 일은 아무것도 없을 것이라고 알려줄 것만 같았다. 마치, 물속에 목까지 잠긴 채 살아가는 기분이었다. 다행히 그런 희선에게도 숨을 쉴 공간이 있긴 했다.

부모님이 집으로 사람을 불러들여 도박을 하는 주말이면 희선은 집 근처 재즈 카페에 갔다. 무명의 피아니스트가 연주하는 것을 듣거나, 편의점에서 아르바이트생을 대신해 잠깐씩 일을 하기도 했다. 아직 중학생이던 희선에겐 금지된 공간이었지만 그때 그곳에서 일하던 이들은 희선의 출입을 눈감아주었다. 그러면서도 나쁜 의도를 가지고 말을 걸거나, 왜 이런 데 왔느냐며 이유를 묻는 일은 없었다.

고등학교에 들어갈 무렵부터 전 지구적으로 화성 건설에 대한 이야기가 이슈가 되었다. 우주 거울이 화성의 공간을 빠르게 변화시켰으므로, 그에 대한 희망이 무궁무진하게 전개되고 있었다. 각 국가에서 화성 건설을 위한 건설자들을 화성으로 파견하기 시작했다. 희선이 다니던 고등학교에서도 우주인을 뽑기 위한 체력 검사와 각종 테스트가 진행되었지만, 희선은 당연히 떨어졌다. 키도 몸무게도, 우주 건설에 적당한 성향에서도 모두 부적합이었다.

적합 판정을 받은 아이들이 원서를 들고 집으로 돌아가면, 희선은 학교 운동장에 떨어져 있는 새들을 주워 집 근처의 산에 묻어주곤 했다. 비닐봉지에 새를 줍는 것을 본 아이들은 희선을 피했다. 모두들, 죽은 새들을 발로 툭툭 밀어내며 지나가는 것이 당연하다는 것처럼 굴었다. 하지만 죽은 것들에게는 응당 애도를 표해야 하는 것이다. 그것이 아무리 작은 미물이라고 하더라도.

'넌 우주에 못 간다고? 그럼 넌 여기서 뭘 할 수 있대?'

집에 돌아갔을 때, 희선이 우주인으로 적합하지 않다는 내용을 학교로부터 통보받은 부모님들의 얼굴도 잊을 수 없었다.

'우주인이 되면 모든 것이 쉽다더라. 화성에 집도 주고 가족들 이주비도 모두 무료야. 물도 에너지도 더 준다더라. 그거 하나만 기대했는데.'

희선은 손을 만지작거렸다. 새를 묻고 난 후 손에 묻은 흙을 씻고 싶었지만, 단수 시간대였다. 받아둔 물을 사용하는 것으로 희선의 부모님이 또다시 희선에게 말을 퍼부을 것만 같아, 희선은 씻지 못한 두 손을 툭툭 털어냈다. 두 사람이 잔소리를 그만두면 희선은 슬그머니 가방을 놓고 노트와 연필을 들고 집 밖으로 나갔다. 지하도로를 걸어서 식물원으로 향했다. 오직 그곳에서만 숨을 쉴 수 있을 것 같았다. 그곳에는 새가 떨어지지 않았고, 가뭄 때문에 죽어가는 식물들이 보호되고 있었으며, 우주니 화성이니 새로운 미래에 대한 이야기를 듣지 않아도 되었다. 아니, 아니다. 사실 희선은 석준을 기다리고 있었는지도 모르겠다. 어쩌면 그곳에 석준이 올지도 모른다는 생각을 했던 것이다. 그러나 희선이 석준을 애타게 기다렸다고도 할 수 없었다. 희선은 그저, 그곳에서 누군가를, 기분을 전환시키고 아무렇지도 않은 듯 일상에 대한 이야기를 하거나 학교 과제에 대해 이야기하면서 이제 우리는 어떻게 살아가면 좋은 거냐는 그런 대화를 나누고 싶었던 것 같다. 하지만 학교를 졸업하고 집을 나와 힐스를 벗어날 때까지 희선은 단 한 번도 식물원에서 석준을 보지 못했다.

희선은 소파에 기대어 앉아 고개를 들고 천장을 바라보았다. 아주 오래전에 도배해서 이젠 회색이 되어버린 천장에는 오렌지색 전등이 달려 있었다. 처음 이 집을 구하고 이사를 할 때, 집 근처의 조명 가게에 가서 직접 사 들고 왔던 조명이었다. 그때는 희선과 막 미래를 약속하던 남자친구가 있었지만, 그는 오래전에 희선을 떠났다. 희선은 그의 얼굴조차 기억하지 못했다. 그저 가끔 손을 잡거나 서로의 어깨를 가만히 감싸 안고 크리스마스를 보내던 기억 몇 가지만 남아 있을 뿐이다.

'당신은 원하는 것을 손에 잡을 수는 있다. 하지만 그것이 네가 원하는 방식은 아닐 것이다.'

희선은 어느 새해, 남자 친구가 봐주었던 점괘를 떠올렸다. '화성에 갈 수 있을까요.'라고 희선이 질문을 하자, 그가 희선의 얼굴을 바라보고는 말했다.

'소원을 빌 때는 신중해야 해. 소원은 반드시 이루어지거든. 하지만 우리가 원치 않는 방식으로 이루어질 때가 많아. 그러니까 너무 간절한 소원은 빌지 마. 네가 바라는 방식으로 오지 않을 테니까. 욕심을 버리고 이루어지든 이루어지지 않든 상관없는 소원만 빌어.'

희선이 고개를 끄덕이자 그가 항아리를 흔들었다. 작은 나무 막대기가 든 항아리에서는 차락차락 소리가 났다. 그가 손을 멈추고 항아리를 뒤집고 나무 막대기의 점괘를 살피더니 이렇게 말했다.

'모든 것이 이루어졌다.'

통 모르겠다는 희선의 얼굴을 보고 그가 말했다.

'수화기제 괘야. 모든 것이 이미 이루어졌다고. 수화기제는 주역의 맨 마지막 괘야. 상괘의 물은 아래로 내려오고

하괘인 불은 위로 올라가서 만나는 모양이지. 하지만 그래서 모든 걸 다시 시작하게 되는 괘지.'

이해할 수 없었다. 이루어지다니. 무엇이?

'나는 아무것도 이룬 게 없어.'

희선의 말에 그가 희선의 손을 잡았다.

'우리의 우주에는 모든 사건이 이미 다 벌어져 있어. 우리의 시간도 그래. 모든 시간이 이미 있어. 하지만 우리가 매 순간을 살아가면서 분기점을 만들어내며 현실화하는 거지. 지금, 어떤 분기에 도달해 있는지를 봐. 언젠가는 이 순간을 다시 기억하게 될 거야.'

희선은 자신이 빌었던 소원들이 무엇이었는지 곱씹어보았다. 집을 나와 독립적인 삶을 꾸리는 것, 혼자가 되어 온전히 보낼 시간을 갖는 것. 그 모든 일이 다 이루어졌다. 지금 희선은 과거에 자신이 바라던 대로 살고 있었다. 어찌 행복하지 않다고 할 수 있을까. 하지만 이제 희선은 과거와 달리 더 이상 화성에 가고 싶지 않았다. 지구에 남아, 이대로 지구인으로 살아가고 싶었다. 만약 그의 말이 맞다면, 희선의 이 소원은 어떤 방식으로든 이루어져 있을 것이다.

"모든 것이 이루어졌다, 내가 원치 않는 방식으로..."

희선은 소리를 내어 그때의 점괘를 되뇌었다. 그러다 불현듯 생각이 났다. 꿈에서 본 장면은 어쩌면 자신을 닮은 로봇에 대한 꿈일지도 모른다는 생각이.

희선은 인공지능 로봇 회사의 전화번호를 검색해 전화를 걸었다. 그러나 회사의 ARS는 내내 이 부서 저 부서로 연결되는 버튼을 누르게 하다가 끊기기를 반복했다. 희선은 로봇 회사에 가기로 마음먹었다. 자신이 아니면 꿈속의 그 존재에 대해 알아내 줄 사람은 아무도 없을 테니까. 그 로봇이 어쩌면 더 이상 원치 않는 과거 자신의 소망을 이룬 것인지도 모르니까.

서울 강북 지구에 본사를 두고 있는 로봇 회사에는 철조망이 둘려 있었다. 화성 이주가 현실화되면서 폭도들이 건물을 부수거나 난입하는 일들이 종종 있었던 것이다. 총을 구해서 쏘는 일도 발생해서 경비는 더욱 삼엄했다. 상담을 원한다는 희선을 말에, 로봇 회사의 경비원은 신원을 보증할 다른 사람의 전화번호를 요구했다. 희선은 연구실 동료에게 전화를 걸었지만 동료들은 하나같이 전화를 받지 않았다. 아무리 부탁해도 정부에서 인정하는 이에 의한 보증이 이뤄지지 않는 한 누구도 만날 수 없다고 했다. 희선은 경비원들의 눈치를 받으며 한참이나 로비에서 서성거렸다. 포기하긴 싫었다. 그러다가 희선은 석준의 전화번호를 생각해냈다. 평소 같았다면 아침 아홉 시도 안 된 시간에, 만난 지 얼마 안 된 동창에게 전화를 거는 일은 절대 하지 않았겠지만, 이번만큼은 그런 생각을 할 겨를이 없었다. 전화를 받은 석준은 당황했을 법도 한데, 희선의 신원 보증 절차에 동의한다는 대답을 해주었고 덕분에 희선은 개발자를 만날 수 있었다.

3층 개발실 미팅룸에 담당자가 나왔다. 중년의 남자는 청바지에 반팔 티셔츠를 입고서 짜증스러운 표정을 짓고 있다가 희선이 보여주는 오래된 전단지 사진에 표정이 달라졌다.

"아, 기억이 나네요. 이 건이... 당신이 이 얼굴 주인공이군요. 궁금했습니다. 희박한 확률과 우연의 주인공이 누군지요."

마치 오래전부터 희선을 기다리고 있던 사람처럼, 남자는 희선의 얼굴을 천천히 바라보았다.

"정말 많이 닮았군요. 그 로봇이 성장했다면 이런 얼굴이 되었겠어요. 하지만 그럴 일은 없겠죠. 로봇은 성장하지 않으니까요. 하지만 과학적으로 불가능한 일은 없어요. 확률적으로 희박한 것뿐이지. 당신은, 아니 그 로봇의 존재가 그런 거죠. 희박한, 우연, 확률 뭐 그런 거요."

혼잣말하듯 말을 하던 남자는 괜한 말을 했다는 듯 고개를 좌우로 흔들었다. 그러고는 언제 그랬냐는 듯 다시 입을 열었다.

"어떻게 그런 일이 벌어졌는지 우리도 의아했습니다. 프로그램에서 그런 모델을 내놓을지 몰랐다니까요. 아무리 수준 높은 컴퓨터라고 해도 실수는 하죠. 실수를 했는데, 정말 인간 같은 걸 만들었다는 건 좀 놀랍지 않습니까?"

좀 불안한 듯 팔짱을 끼고 미팅룸을 이리저리 움직이던 남자는 말을 멈추지 못하고 계속해서 쏟아냈다.

"그 로봇들은 화성 이주 건설자들과 함께 화성으로 갔어요."

그 말을 듣는 순간 희선의 가슴이 덜컹했다. 정말로 이루어졌던 것이다. 그것은 희선이 바라던 방향이 분명 아니었다.

"하지만 그 로봇은 빛을 못 볼 겁니다. 다른 로봇들은 건물 설계를 하거나, 날씨를 예측하는 데이터를 활용하는 능력이 있지만 그 로봇은..."

"...무슨 용도였어요?"

"식물종 데이터를 취합하는 로봇이었거든요. 어떤 고등학생들이 우주대회용 로봇 경진대회에 가지고 나온 겁니다. 그건 그냥 상을 주기 좋은 작품이었죠."

"하!"

희선이 큰 소리로 숨을 내뱉었다. 그건 석준과 자신이 낸 과제물로 받은 상이었다. 그 아이디어를 구현하게 된 로봇이 그 아이라니.

"왜 그러세요?"

"그 고등학생들, 알아요."

희선은 말을 얼버무렸다.

"그래요? 그것 참 우연이 또 있었군요. 여하튼, 화성에서는 식물 채취를 할 일이 별로 없어요. 게다가 데이터는 지구 식물 데이터를 잔뜩 넣어뒀으니 화성에서 무슨 일을 하겠어요. 그런 존재들이 있는 법이죠. 운명적으로 잘못 태어난 존재들이요. 그 아이도 그런 셈이에요."

꿈에서 보았던, 희선을 닮은 어린 소녀는 화성을 그렇게 떠돌면서 결국 자신은 아무런 쓸모가 없다고 느끼겠구나 하는 생각이 들었다. 그런 생각을 하면서도 희선은 자신이 지금 얼굴만 닮았을 뿐인 그 로봇에게 쓸데없는 감정이입을 하고 있다는 자조감 같은 게 들기도 했다.

"화성에 가면 그 로봇을 볼 수 있겠군요."

희선의 말에 남자가 활짝 웃으면서 희선의 기대를 뭉개 버렸다.

"아니요. 그럴 수 없을 겁니다. 이제 다 끝났어요. 화성 이주는 물 건너가게 생겼다고요."

미친 사람 같았다. 도대체 무슨 소리람.

"무슨 말이에요?"

"이주 건설자들이 탄 비행선이 오늘 새벽 지구에 돌아 왔어요. 더 이상 우주인으로 살고 싶지 않답니다. 인류 가 꿈꾸던 이상을 현실로 경험하고 온 화성의 이주 건설 자들이 말입니다. 더 이상 화성에서 살고 싶지 않답니다. 인류의 꿈은 박살 났어요. 그들은 지구에서 죽겠답니다. 자, 이제 돌아가세요. 이젠 다 끝났어요."

남자는 약간 정신이 나간 사람처럼 희선을 미팅룸에서 쫓아냈다. 희선은 하는 수 없이 주차장으로 내려왔다. 자 동차에 앉아 시동을 걸자, 라디오 뉴스에서 연이어 속보 가 들려왔다. 화성 이주 건설자들이 화성에서 경험한 실 체에 대한 이야기들이었다. 질병과 시체가 될 운명을 피 해 돌아왔다는 건설노동자의 말이 뉴스 속보에서 계속해 서 인용되고 있었다.

건설 환경의 열악함, 낮에 덥고 밤에 추운 것은 견딜만했지만 모래 폭풍은 공포스럽다는 떨리는 목소리. 동료들이 병에 걸리고 툭하면 코피를 쏟았다는 이야기를 들으며 희선은 오늘 새벽의 일이 떠올라 괜히 한숨을 쉬었다. 아무런 인과도 없는 우연들이 왜 이렇게 마음이 쓰일까.

"우리가 바라는 건 하나입니다. 지구인으로 죽고 싶습니다."

힘없는 늙은 건설자의 목소리를 들으며, 희선은 생각했다. 화성으로의 이주는 불가능할지도 모르겠다고. 그렇게 되면 희박한 확률과 우연으로 생겨난, 자신의 십 대와 꼭 닮은 얼굴을 한 로봇을 영원히 볼 순 없겠다고.

시동을 걸어 연구실로 향하려는 순간 휴대전화에 메시지가 도착했다.

〈화성 이주 건설 노동자들의 귀환으로 인하여 화성 이주에 관한 정부의 새로운 발표가 있을 것입니다. 그때까지 연구원들은 집에서 대기하십시오.〉

희선은 집으로 향했다. 집에 돌아오니 희선이 나가 있는 사이 도둑이 들어 희선의 집을 난장판으로 만들어놓은 상태였다. 주방에 있던 전자레인지와 테이블, 의자 같은 것들이 모조리 사라졌고, 옷장도 모두 헤집어져 있었다.

희선은 방으로 들어가 책장 맨 위에 있던 앨범이 제대로 있는지 확인하고 안심했다. 손을 뻗어 앨범을 꺼내 바닥에 놓고 펼쳐 보았다. 앨범 안에는 사진 대신 봉인된 종이봉투들 수십 개가 들어 있었다. 건조된 아타종 씨앗이었다. 연구실 바닥에 버려진 것들을 핀셋으로 주워 모아둔 것이었다. 집으로 가져오면 안 되는 줄 알면서도 그대로 버려지는 게 싫어서 보관해 두었는데, 이젠 다른 무엇보다 아타종 씨앗을 그렇게나 소중하게 여기는 까닭을 자신도 알 수 없었다.

희선은 아타종 씨앗을 잘 넣어두고 앨범을 원래 있던 곳에 올려두고 거실로 나왔다.

맥이 풀렸다. 모든 게 다 엉망이 되어버렸고 이제 더 이상 나아갈 수 없을 것만 같았다. 한때는 희선에게도 낙관적인 전망 같은 게 있었다. 연구실에 처음 들어갔을 때였던가. 그때 희선은 시간을 믿었다. 시간은 모든 것을 준다고, 의지를 가진 사람은 그 시간을 통과해 다른 세계로 갈 수 있다고 말이다. 지금도 그 말은 틀린 말은 아니다. 시간은 마법이고, 그 시간을 통과하기만 하면 우리는 모두 다른 세계로 들어갈 수 있다. 시간을 견딘다는 것은 위대한 일이 아닌가. 살아 있다는 것, 살아간다는 것은. 하지만 지금, 그 시간을 통과할 의지가 자신에게 있는지 묻는다면, 희선은 잘 모르겠다고 대답할 것만 같았다. 힘이 없었다. 그리고 조금 지친 것 같았다.

희선은 거실의 한구석에 누워서 그대로 잠이 들었다.

눈을 뜨자 한밤중이었다. 창밖도, 집 안도 고요했다. 눈을 뜬 희선은 저 멀리서 반짝이는 불빛을 바라보았다. 집을 나온 이후, 희선은 내내 혼자였다. 친구도, 연인도, 동료도 물론 존재했다. 그들은 희선의 인생을 풍요롭게 해주는 고마운 존재들이었으나, 어느 정도의 시간이 되면 마치 유효기간이 끝났다는 듯 희선의 곁을 떠나갔다. 친구는 이민 가거나 죽었고, 연인은 새로운 누군가를 만났으며 동료는 새로운 직장을 찾아 떠나갔다. 희선은 느꼈다. 희선이 혼자 남겨진 것이 아니라, 희선을 제외한 모두가 어딘가로 떠나가고 변화했기 때문이라는 것을.

희선은 검은 하늘을 보며 석준이 했던 말을 떠올렸다.

'언젠가는 다들 저 하늘로 올라가게 될 거야. 너무 낙담하지 마.'

화성에 가고 싶지는 않았지만, 인류의 미래가 될 그곳에 가는 일에 제동이 걸렸다고 생각하니 어딘가 힘이 빠졌다.

"이제 어떻게 하지."

희선은 스스로에게 물었다.

생각해보면 집을 떠나왔지만, 희선은 단 한 번도 진정으로 새로운 세상을 향해 나가본 적이 없었다. 집을 떠나왔다는 단 하나의 경험이 너무 오래 희선을 부여잡고 있었다. 희선은 언젠가 보았던 바다를 떠올렸다. 아주 어릴 적에 보았던 그 광활한 바다는 그 이후로 단 한 번도 본 적이 없었다. 해안 도시가 물에 잠긴 탓에 모래사장이 있는 바닷가는 지금 거의 없겠지만, 그래도 바다를 본다면, 지금의 이 막막함에서 벗어날 수 있을지도 모르겠다는 생각이 들었다. 희선은 길을 떠나야겠다고 다짐했다. 그런 생각을 하자 조금 힘이 생기는 것도 같았다.

희선은 자리에서 일어나 집을 정리하고 짐을 꾸렸다. 대충 짐을 싼 뒤에는 종이로 된 지도를 가지고 나와 거실 바닥에 펼쳤다. 지도에서 아직 사람들이 오갈 수 있는 동쪽 지역 한 곳을 찾아 연필로 동그라미를 쳤다. 그 인근까지 가서 바다를 보겠노라고. 혹시 그곳에서 바다를 제대로 볼 수 없다면 조금 더 높은 곳으로 올라가면 가능할지 모른다고.

막 집을 나서려는 찰나, 전화벨이 울렸다. 희선은 전화를 받을까 말까 망설였다. 전화벨은 계속해서 울려댔고 결국 희선은 전화를 받았다.

"나야, 석준이. 너무 일찍 전화를 했나 보다."

"일어나 있었어."

희선은 석준에게 신원 보증에 대한 전화를 받아줘서 고맙다는 인사를 했다. 석준은 그에 대해 가타부타 묻질 않았다. 그보다 더 급한 일이 있다고 했다.

"강아지를 좀 다시 맡아줘야겠어."

석준의 입에서 뜻밖의 이야기가 흘러나왔다.

"우주국 소속 과학자들 몇몇이 화성에서 죽었어. 건설 중이던 시설 일부가 망가졌대. 화성에 있는 시설들을 담당하는 메인 컴퓨터도 손봐야 하고, 혹시 생존해 있을지도 모르는 사람들도 찾아봐야 해."

설마.

"네가, 가는 거야?"

석준은 희선의 질문엔 대답하지 않다가 되물었다.

"강아지, 맡아줄 거지?"

"어디로 갈까. 내가 데리러 갈게."

도로에는 화성 이주를 반대하는 시위가 다시 시작되었다. 강렬한 태양 때문에 모두들 검은 옷을 입고 거대한 양산을 쓰고 도로 위를 걷고 있었다.

희선은 외곽 도로를 빙빙 돌아 석준의 집으로 향했다. 부모님이 돌아가신 이후 단 한 번도 그곳에 간 적이 없었는데, 여전히 힐스에 살고 있는 석준 덕분에 희선은 아주 오랜만에 힐스에 들르게 된 셈이었다.

힐스의 2차선 도로에 들어서는 순간 옛 기억들이 떠올랐다. 주말마다 서성거리던 힐스의 카페 구역은 여전히 그대로였고, 낡은 맥주 기계를 놓고 술을 팔던 가게들은 간판만 바꾼 카페가 되어 있었다.

그 옆, 문을 닫은 상가들은 아이들에게 문구를 팔거나, 체육복과 교복을 팔던 가게였다. 문구점 앞에서 빙빙 돌아가던 슬러시를 스트로우로 먹고는, 찬 것을 먹고 나면 생기는 두통 때문에 얼굴을 찌푸리며 친구들끼리 깔깔 웃었던 기억이 떠올랐다. 그러고 보니 함께 슬러시를 먹던 친구가 중학교에 가기도 전에 죽어버렸다는 사실이 떠올랐다. 그 친구는 어머니가 새아버지와 결혼한 후 나쁜 친구들과 어울리고 문방구나 학교 앞에서 희선을 만나도 아는 척을 하지 않았다. 희선은 '내가 뭘 잘못했나', 하고 실수를 떠올려봤지만 아무리 생각해도 잘못한 게 기억 나질 않았다. 복도에서 싸늘하게 지나가 버리는 그 친구에게 실수로 상처를 줬을까봐, 혹은 다른 누군가에 의해 오해를 하고 있는 것 같아 조마조마했다. 나중에 알게 되었다. 그 친구는 새 아버지와 자신의 엄마가 결혼한 사실을 부끄러했다는 것을. 새아버지와 어머니가 갓 난아이를 낳은 후 어린 동생을 돌봐야해서 희선과 만나 슬러시를 먹거나 깔깔대며 웃을 시간이 사라져버렸다는 것을. 장롱의 손잡이에 어머니의 스카프를 걸어 목을 매서 죽었다는 이야기를 듣고 희선은 거짓말이라고 소리쳤다. 거짓말, 스카프에 목을 매서 죽다니, 가구의 손잡이에? 희선의 집 가구는 모두 부서져 있었기 때문에 손잡이가 초등학생 정도의 아이 몸무게를 견딘다는 사실을 절대 믿을 수 없었다. 경찰이 그 집으로 가서 모든 것을 조사했다고 했다. 그 집 앞에서 짜증스러운 얼굴로 담배를 피우며 이따금 초조한 듯 집으로 고개를 돌려 바라보던 그 남자의 얼굴을 희선은 아직도 기억한다. 왜 어떤 관계는 그렇게 쉽게 부서지는 걸까.

옛 문구점을 한참 지나고도 석준이 알려준 주소를 찾지 못하고 힐스 구역을 빙빙 돌던 희선은 어느 빌라 앞에서 멈췄다. 차에서 내린 희선은 차 문을 잠그고, 빌라 앞에서 벨을 눌렀다.

"왔구나?"

석준이 강아지를 안고 뒤에 서 있었다.

"강아지 데리고 잠깐 병원 다녀왔어. 예방주사를 맞혔거든."

석준이 빌라의 버튼을 누르고 안으로 들어갔다. 석준은 3층에 혼자 머물고 있었다. 계단을 오르며 석준이 말했다.

"얘, 좀 이상해. 짖지를 않아. 누굴 만나든 무조건 좋대. 꼬리를 막 흔들어대."

문을 열고 석준이 먼저 안으로 들어가며 이야기했다.

"성격 좋네."

희선의 말에, 석준이 3층의 문을 열며 대답했다.

"나중에 나 만나서 막 짖으면 어쩌지. 커서 성격 변하는 강아지들 많거든."

"그래도 너무 상처받진 마."

둘은 마치 오래전부터 친했던 사이였던 것처럼 농담을 주고 받으며 석준의 집 안으로 들어갔다. 거실은 석준이 짐을 싸느라 이런저런 잡동사니들이 나와 있었다.

"잠깐 앉아 있어. 강아지 짐은 다 챙겨놨어. "

"근데, 이름은 아직이야?"

"지었어. 하지."

좋은 이름인지 나쁜 이름인지 얼른 파악할 수 없는 그런 이름이었다. 희선의 그런 태도를 눈치 챈 석준이 덧붙였다.

"이 아이 이름은 동사야. 강하지, 다정하지, 사랑하지 같은."

작게 구겨졌던 희선의 미간이 펴졌다.

"이 아이랑 뭐든 할 수 있을 거야. 넌..."

"마음에 든다."

희선의 말에 석준의 얼굴도 환해졌다.

"참, 우리 집에 네 사진 있어."

석준이 거실 한가운데 널부러진 짐들 사이에서 앨범 하나를 가지고 와 희선이 앉아 있는 테이블 앞에 펼쳤다. 몇 장을 파락파락 넘기더니, 손가락으로 가리켰다.

"여기."

중학생 시절의 희선의 사진이었다. 옆에는 같은 반 친구가, 그 친구 옆에 석준이 서 있었다.

"나네."

희선이 자신의 얼굴을 물끄러미 보았다.

"나, 이거 가져갈 건데... 나야말로 화성에 가져갈 게 없더라.”

“그래.”

석준이 고개를 끄덕였다.

“저기, 화성에 가면 말이야.”

희선이 꺼낸 말에 석준이 물었다.

“가면?”

“거기서 누굴 좀 찾아줘.”

“누굴?”

석준이 의아한 얼굴로 희선을 바라보았다. 희선은 가방에서 팸플릿 종이를 꺼냈다. 오래전, 로봇 회사에서 찍어낸 팸플릿이었다.

“네 얼굴이 왜 여기 있어?”

희선은 망설였다. 자신이 하는 말을 석준이 과연 이해할까. 철없이, 그저 자신을 닮은 로봇에 감정이입을 하는, 어딘지 나사 빠진 사람이라고 생각하는 게 아닐까 걱정스러웠다.

“로봇 회사에서 프로그램으로 만든 얼굴이 나랑 똑같았어. 지금, 화성에 있대. 근데 얼마 전부터 이 얼굴이 꿈에 나타나. 이 로봇은 혼자가 아니야. 옆에 강아지 로봇이 있어. 둘이 빈 도시를 떠돌아다녀. 그 애들은 거기가 지구라고 생각하나 봐. 그 애들을 찾아줘."

"찾아서?"

말문이 막혔다. 찾아서 뭘 할까. 그 애들이 처한 상황을 알려주면 그뿐일까.

"그냥 걱정이 됐다고... 잘 지내고 있는지 궁금해서 안부를 묻는다고, 그렇게 말해줘."

석준이 잠깐 생각에 잠겼다 이내 입을 뗐다.

"그 로봇은, 그냥 널 닮은 것뿐이야. 신경 안 써도 된다고. 그리고 그거 꿈이라며."

"알아. 근데, 신경이 쓰여. 인간은 자기랑 비슷한 걸 보면 신경이 쓰이는 거야. 마음이 그렇다고. 그냥 누가 되었든 그 애들을 찾아줘야 할 것 같단 말이야."

팸플릿의 자신을 닮은 로봇 얼굴 위에 손가락을 가만히 올려둔 채 이야기하는 희선을 석준은 바라보았다. 그리고 대답했다.

"찾아볼게. 꼭 찾아서 너에 대해 말해줄게. 그리고 네가 한 말을 그대로 전할게. 그럼 되지?"

희선이 고개를 끄덕였다. 석준도 고개를 끄덕이며 대답했다.

"식물원에서 너 봤어. 너, 힐스에 살 때. 혹시나 해서 종종 갔는데 그 후로 너 안 오더라."

석준을 기다리고 있었다고 생각했는데 반대였나. 하지만 지금 둘에게는 그 시간을 이야기하는 것이 고통스럽기만 했다. 뭘 확인한단 말인가. 뭘 기대한단 말인가. 시간이라는 거리와 공간이라는 거리가 두 사람 앞에 있으니, 더는 기대할 무엇도 없었다.

"힐스 떠나고 다시 거기 들어간 적 없어. 몇 번 그 앞을 지나가긴 했어."

석준이 고개를 끄덕였다.

"너, 학교 뒷산이랑 식물원에 죽은 새들 묻어줬잖아. 학교에서 너 이상하다고 소문나고... 그때는 왜 그런 짓을 하는지 궁금했는데 지금은 이해가 돼."

희선 자신도 그때는 자기가 한 일을 이해할 수 없었다. 그러나 지금은 안다.

"새는 씨앗을 파먹고 하늘을 날아. 그리고 그 새들은 이제 땅속에 있잖아. 언젠가 죽은 새는 나무가 될 거야."

석준이 잠깐 생각에 잠겼다 말했다.

"마법 같다."

석준은 아주 잠깐 생각에 잠든 듯한 얼굴을 하고 있다가, 결심했다는 듯 자리에서 일어나 강아지를 안아들어 희선의 품에 넘겨주며 석준이 말했다.

"다녀올게. 그때까지 부탁해."

"응."

"거기서 꼭 널 찾을게."

"...응."

8. 아타종

화성과의 교신이 끊긴 지 일곱 달이 지나고 화성 이주는 영영 미뤄졌다. 가중되었던 혼란이 차츰 수습되는 듯하면, 민간 기업에서 화성에 갈 노동자를 모집하면서 다시 혼란이 시작되는 식이었다. 화성 이주가 미뤄지자, 소행성 충돌의 가능성은 다르게 언급되었다. 지구의 끝을 말하던 이들은 그 정도는 아닐 것이다, 소행성은 지구를 가까스로 피해 갈 것이라는 전망 등을 내놓았다. 다행히도 소행성에 대한 낙관적 전망은 들어맞았다.

그러나 여전히 지구의 해수면은 상승 중이었고, 기후 변화는 여러 문제를 야기했다. 아프리카와 유럽의 곡물 문제는 이제 전 세계의 문제가 되었다. 한반도도 마찬가지였다. 무더워진 기후로 인해 병충해가 심해졌다. 추운 겨울이 없다는 것은 벌레들이 겨우내 죽지 않고 나이를 먹는다는 것을 의미했다. 그 규모와 몸뚱이가 커진 벌레들은 곡물들이 자라기가 무섭게 들판을 휩쓸었다. 병충해 박멸을 위해 쓰인 독한 농약은 해충의 천적을 말살시켰다. 상황이 계속해서 더 나빠지는 걸 알면서도 당장 손쓸 방법이 그런 것뿐이었다. 화학 기업들은 절대로 자신들이 만든 값싸고 독한 농약이 남겨주는 이득을 포기할 리 없었다.

3월이었지만 한낮이면 벌써 대기는 뜨거워졌다. 석준이 떠난 후 희선은 밤새 잠을 설치기를 반복했다. 종종 코피를 쏟았지만 이제 그마저도 익숙해졌다. 피 묻은 옷을 세탁하고 거실에 앉아 푸르스름한 새벽에서 아침으로 바뀌는 것을 보며 희선은 모든 것이 끝났다는 느낌에 사로잡히곤 했다.

"이런 식으로 갑자기 끝이 날 줄은 몰랐어요."

남해에 파견을 갔던 연구소 직원인 정수지가 새벽 일찍 희선을 찾아왔다. 수지는 혼란스럽다고 했다. 갑작스런 실직과 미뤄진 화성 이주로 인해 이제 어떻게 해야 할지 도무지 모르겠다고. 희선 역시도 연구소의 대기 명령을 무한정 기다리는 것 대신, 사직서를 제출했다.

"지구에서 성장할 수 있다는 게 확인된 유일한 화성 식물이잖아요. 이제 그 열매를 채취할 차례인데."

누군가 생명 활동에 대해 묻는다면, 희선은 이렇게 대답할 것이다. 생명 활동이란 기억을 현재화하는 작업이라고. 유전자라는 것, 그리고 유전활동이란 것은 생명에 새겨진 수많은 기억의 조합이며 그 조합을 지속하는 한 생명은 유지되는 것이다. 그러니까 인간이 식물이나 동물에 대해 연구한다는 것은 그 생명체 내부의 기억의 실체를 탐구하는 셈이다. 아타종 연구는 생물의 기억을 더듬는 일이었고, 아직 실현되지 않은 미래의 기억으로 지구의 토양 위에 새로운 생명의 지대를 만드는 일이었다. 그러나 화성 이주에 대한 이슈가 불거진 지금, 고위 관계자들은 아타종 연구가 중요한 것은 화성 이주라는 목적이 있는 한에서만 그러하다고 했다. 화성 이주가 무한정 연기되었으므로 그와 관련된 연구에 단 한 푼도 들일 수 없다는 말을 돌려 말한 것이다.

"수지 씨가 얼마나 애를 썼는지 우리는 알아요. 처음에 아타종 식물 연구를 한다고 했을 때 사람들한테 얼마나 욕을 먹었어요. 아타종이 지구 토양을 망가뜨릴 거란 루머도 있었죠. 다른 지구 식물을 자라지 못하게 할 거라고요."

"화성에서도 식물이 자란다는 걸 알고서 기뻐했던 사람들이, 이제 지구에서 아예 아타종을 추방하고 싶어 하는 거죠."

"도대체, 왜 그럴까요."

희선은 수지의 마른 팔을 내려다보았다.

"두려워서 그런 거겠죠."

수지뿐 아니라 사람들이 전보다 부쩍 말라가고 있었다. 사람들이 먹을 것을 자제하는 것이 아니라, 제공되는 먹거리의 양이 적고, 영양가도 없었다. 희선도 이제 일자리를 잃었으니, 정부에서 제공하는 먹거리에 기대어 살아야만 했다.

희선은 주방으로 가서 보관해 두었던 통밀빵과 잼을 놓아주었다. 수지는 통밀빵을 조금씩 뜯어 먹더니 조금 기운을 차렸다.

"그 사람들이 연구실에 갑자기 들이닥쳐서 남아 있는 아타종 씨앗까지 모두 가져가 버렸어요. 아타종 이식을 위한 모든 준비가 다 끝이 났는데 말이죠."

몇 번인가, 희선도 남해 연구소에 내려가 아타종 서식 부지를 둘러본 적이 있었다. 지구에서 화성으로 사람들이 모두 이주를 하더라도 지구 생태계를 위한 여러 실험 중 하나로 아타종 나무를 심는다는 것이 정부와 연구소의 계획이었다. 그러나 이제 화성에서의 중력 장치 부적응으로 인해 몸에 문제가 생긴 건설자들의 증언으로 화성 이주는 끔찍한 일처럼 여겨졌다. 우주의 다른 행성으로 간다는 것, 거주지를 완전히 이동한다는 것은 45억

년 진화의 뿌리를 스스로 뽑아버리는 것이니 그런 위험
은 어쩌면 당연한지 몰랐다. 이제 화성에 대한 모든 낙관
주의를 접고 처음부터 모든 것을 다시 생각해야만 했다.

"남해 연구소에는 아타종 씨앗도, 키워놓은 묘목도 없어
요. 단 한 그루도. 아타종은 이제 없어요. 이 지구상에서
완전히 사라져버렸어요."

수지가 힘없이 말했다. 힘이 빠지긴 희선도 마찬가지였
다. 아타종 연구가 중요했던 건 화성이라는 척박한 곳에
서 자랄 정도의 가능성 때문이었다.

"화성에 가지 못한다고 해서 아타종 연구를 그만둔다니
요. 지구 식물도 다 사라지는 마당에요."

희선은 잠시 고민했다. 연구실에서 가지고 나온 아타종
씨앗에 대해 이야기할지 말지. 수지를 못 믿는 것이 아
니라 언제든 상황이 달라져서 자신도, 수지도 위험에 빠
질 수 있는 상황을 만들게 될지 모른다고 생각한 것이다.
그러나, 일자리는 이미 잃었고 먹을 것조차 부족한 이 상
황에 수지나 자신이 얼마나 더 위험해지겠는가 싶었다.

"수지 씨, 나 할 말이 있어요."

자기 손가락을 만지작거리던 수지가 희선의 얼굴을 바
라보았다.

"실은, 내가 아타종 씨앗을 가지고 있어요. 연구하면서 버리게 된 씨앗들을 모아둔 게 있어요. 잘 건조해뒀으니까 발아는 될 것 같아요."

수지는 아타종 씨앗이 아직 연구자의 손에 남아 있다는 사실에 놀라고, 아타종 연구가 지속될 수도 있다는 희망에 기뻐하다가 다시 풀이 죽었다.

"씨앗이 있다고 해도 적합한 토양과 키우고 살펴볼 사람이 있어야 할 텐데요."

희선은 잠시 머뭇거리다 대답했다.

"수지 씨, 저 말이에요. 남해로 가려고요."

수지는 놀라는 눈치였다. 남해 연구소에 가더라도 아무런 지원을 받을 수도 없을뿐더러, 연구소 인근을 제외하고는 해수면 문제로 더 이상 사람이 살 수 없는 곳이 되어 가고 있었다.

"괜찮아요. 어딜 가든 상황이 크게 달라질 것 같지 않거든요. 하던 걸 해야죠. 그리고, 저한테는 함께 갈 식구도 있고요."

이른 새벽 산책을 다녀온 후, 거실 구석의 제 집에서 잠을 자던 하지가 자신의 이야기를 듣기라도 한 것처럼 기지개를 켰다.

"다행이에요. 그러고 보니까 예전보다 훨씬 활기 있어진 것도 이 아이 때문이군요?"

희선이 고개를 끄덕였다.

"숙소, 제가 쓰던 방에서 일어나 앉으면 멀리 바다가 보여요. 저 멀리 하얀 무언가가 반짝거리면 그게 바다죠. 가끔 바다 습기를 느끼며 연구동 앞 하우스로 내려가면 아타종 씨앗이 불쑥 자라나 있는 게 보여서 신기했어요. 남해에 가시면 실컷 바다를 볼 수 있을 거예요. 안식을 취하기 좋은 곳이에요. 지금은 그 아타종 밭이 모조리 자갈로 뒤덮여버렸지만요."

이야기하던 수지가 문득 희선의 집 창문을 보더니, 손가락으로 창문을 가리켰다.

"그런데, 창문이 깨져 있어요."

"얼마 전에 누가 돌을 던져서 깨졌어요. 유리를 바꿔 끼워줄 사람이 있어야 말이죠. 그래서 테이프로 감아둔 거예요. 화성 이주 때문에 다들 가게를 접었잖아요. 하다 못해 슬리퍼 하나 살 수도 없어요. 공장도 문을 닫아버렸고..."

수지도 고개를 끄덕였다.

"맞아요. 우린 이제 처음부터 모든 걸 다시 시작해야 할 것 같아요. 예전처럼 쉽고 빠르게 해내진 못하겠지만 있는 것을 아껴서 쓰고, 없어도 없는 대로 적응을 하는 삶을 살아야겠죠. 풍요만이 좋은 건 아니니까요."

희선도 수지를 따라 고개를 끄덕였다. 희선의 머릿속에서 풍요란, 물질적인 풍요만을 의미하는 것은 아니었다. 넘쳐난다는 것, 그것은 에너지고 감각이고 기운이었다. 사람들이 글을 쓰고 낭독을 하고, 젊은 음악가들이 거리에서 노래를 부를 수 있는 시간 같은 것 말이다. 무엇이 이렇게 사람들을 허기지게 만들었을까. 무엇이 차를 사고 집을 갖고 매일 유행하는 옷을 사고 그것을 과시하고, 세계 여행을 다니고 좋고 비싼 음식만을 먹어야 만족하도록 만들었을까. 그 사이클에서 벗어나는 게 왜 그렇게 힘들었을까. 지금 이렇게 한꺼번에 재난이 들이닥치자, 사람들은 예전의 영광을 그 물질적 풍요로움을 모르는 사람처럼 굴고 있다. 반성의 기미는 없고, 오직 누군가의 잘못으로 돌리기 급급했으며 책임을 져야 할 사람들은 입을 닫았다. 시간이 지나 자신의 과오를 돌아봐야만 할 때, 희선도 스스로에 대해 그렇게 무지한 척 굴까 두려웠다. 그러지 않기 위해 해야 할 일이 있다. 화성으로 간 석준의 부재나, 자신을 닮은 로봇이 영원히 화성을 떠돌고 있다고 하더라도 여기서 희선이 할 수 있는 일은 분명 있었다.

"잘해 나갈 거예요. 우리 모두."

희선의 말에 수지는 검고 큰 얼룩이 잠식해버린 희선의 오른팔을 두 손으로 쓰다듬었다. 그 검은 얼룩을 보면 흠칫 놀라는 다른 사람들과 달리, 그 얼룩에 전염되어도 상관없다는 듯, 아니, 그 얼룩을 자신의 피부에 옮겨가고 싶다는 듯.

"언젠가 시간이 되면 다시 남해로 와요. 수지 씨가 보고 싶었던 장면을 만들어 볼게요."

"네, 저는 알아요. 희선 씨는 무언가 만들어낼 거라는 걸."

둘은 한참을 서로 껴안은 채 그대로 있었다. 서로에게 자신의 남아 있는 에너지를 건네주기 위해 애를 쓰는 사람들처럼.

가족들과 함께 시베리아로 가게 되었다는 수지를 배웅한 후, 희선도 짐을 꾸렸다.

남해로 가는 것이 석준을 기다리지 않는다는 것을 의미하는 건 아니었다. 더 오래 기다리기 위해서, 더 끈질기게 원하는 바를 이루기 위해서, 어떤 방식으로 소원이 이루어지든 그것이 진정 자신이 바라던 것이었음을 바로 알아차리기 위해서였다.

희선은 모든 짐을 자동차에 실은 후, 마지막으로 거실에 있던 하지의 몸에 목줄을 맸다. 하지의 오른쪽 다리는 종양 때문에 잘렸지만 하지는 잘 살아가고 있으며, 앞으로 더욱더 건강해질 터였다.

하늘에는 온통 뭉게구름이 피어났고 도로 양옆 들판에는 파란 새싹이 돋아나고 있다. 몇 년 내 가물다가 근 며칠 동안 비가 왔기 때문이다. 영영 비가 오지 않고, 모든 게 메말라 죽을 것 같더니 이제는 모든 것들이 다시 살아날 것 같은 기분을 주었다. 뭉게구름, 새털구름, 양떼구름 같은 구름을 본 적이 언제더라. 희선은 생각했다. 그것들을 뉴스에서는 적운, 권운, 고적운이라고 부르지만 구름에도 그렇게 예쁜 이름을 지어준 누군가가 있었다는 건 기분이 좋은 일이라고.

라디오에서는 여전히 화성에 대한 소식은 들을 수 없었다. 해안 도시의 해수면 높이와 일기예보가 길게 보도될 뿐이었다. 지구라는 행성이 잠시 환란을 멈추고 사람들에게 어떤 희망을 안겨주기라도 하는 듯했다. 예보되었던 동해안 해일은 없었으며, 며칠 동안 내린 비로 한반도의 토양도 제법 해갈이 되었다고도 했다. 희선은 제발 지구에서의 소식 뒤에 화성과 관련된 어떤 소식이라도 전해 듣고 싶었지만, 뉴스는 끝이 나버렸다.

몇 개의 광고 뒤에 익숙한 재즈 음악이 흘러나왔다. 희선은 힐스의 작은 지하 카페에서 어느 무명의 피아니스트가 연주해주던 곡, 〈왈츠 포 데비〉를 들으며 피식 웃었다. 공연장의 뒷문을 빠져나오던 피아니스트가 문 앞에서 공연 포스터를 뜯어내던 희선에게 물었었다.

'너, 왜 이런 데 다니니.'

'이런 데가 어떤데요?'

희선의 물음에 그가 대답했다.

'네 나이에 이런 데 다니면, 니 인생은 제멋대로 흘러가고 말 걸.'

'상관없어요.'

'정말이야? 진심이냐고.'

'왜요. 내가 걱정돼요?'

'아니, 전혀. 네가 가고 싶은 곳을 가렴. 너에게 축복이 있기를 바란다.'

힐스를 나오기 전 몇 번이나 더 공연장 근처에서 그를 만났고, 두 사람은 그런 식의 쓸데없는 대화를 나누다 헤어졌다. 돌이켜 생각해보면 그가 했던 모든 말들은 희선에게 건네는 축복의 말들이었다.

'넌 강해. 널 믿으렴.'

'넌 모든 것을 헤쳐 나갈 거야. 너는 결국 네가 원하는 걸 이룰 거야.'

'무기력해져도 괜찮아. 절망해도 괜찮아. 언제든 다시 돌아가면 되니까.'

모든 것이 너무 옛일인 것 같았다. 어떻게 그 시간을 지나왔을까. 어떻게 그 공간에 속해 있었을까. 어떻게 그 음악을 듣고 그렇게나 기쁨에 차 박수를 칠 수 있었을까. 모든 것이 신기하고 모든 시간이 마법 같았구나 생각했다. 그때 희선이 만났던 무명의 피아니스트는 몇 년 뒤에 한 장의 앨범으로 스타가 되었지만, 그 뒤 얼마 되지 않아 교통사고로 유명을 달리했다. 그 소식을 듣고 희선은 얼마나 울었던가. 자신에게 처음으로 축복을 내려준 사람, 그리고 어디든 가보라고 용기를 내준 사람이 이 세상에 존재하지 않는다는 슬픔에 목이 메었다. 하지만 그라면 말했을 것이다. 너무 슬퍼하지 말라고. 그리고 단단해져야 한다고.

희선은 생각했다. 지금 이 시간을 견디는 동안 석준은 아주 천천히 화성에서의 일을 해낼 것이라고. 시설을 정비하고 컴퓨터를 고치고, 희선을 닮은 로봇을 찾아 그 로봇에게 희선이 한 말을 전해주었을 것이라고. 그리고 어떤 이유로 인해 오래 화성에서 나오지 못하겠지만, 석준은 이곳에서 희선이 견디는 그 시간만큼 견뎌낼 수 있을 것이라고.

9. 편지

오늘은 하루 종일 무너진 시설을 어떻게 정비할지 상의했어. 문제는 중장비들이 움직이질 않는다는 거야. 중장비들을 움직일 수 있는 태양광 발전기를 수리 중이거든. 배터리들의 수명은 아직 괜찮은 것 같아. 우리는 이 에너지를 어떻게 보존해서 사용할지에 대해 더 생각해야 해. 그건 지구도 마찬가지겠지.

처음 여기에 왔을 때, 나는 이곳의 황량함을 보고 조금 놀랐어. 사람이 없다는 건 생각보다 훨씬 더 쓸쓸한 일이야. 한때는 아무도 없는 도시를 유유자적 걷는 장면이 낭만적이라고 생각하기도 했어. 그런데 막상 이곳에 와서 보니, 존재가 없는 무의 시간은 고독하다는 감정조차 느낄 수 없을 것 같아. 우리를 고독하게 만드는 것, 그리고 우리를 쓸쓸하거나 힘들게 만드는 것은 우리가 세계 안에 있을 때만 가능하다는 걸 새삼 느껴.

태양이 머리 위로 오는 한낮이 되면 지구에서의 길었던 여름이 생각나. 에너지 대란이 있던 그해 말이야. 사실 그해는 나에게 여러모로 잊지 못할 한 해였어. 여름이 시작되고 아버지가 병에 걸려 누워 계셔야 했거든. 에어컨

이 나오지 않는 학교에서 숨이 막힐 듯한 더위 속에 수업을 듣고 집으로 돌아가면, 아버지가 거실의 기다란 여름 의자 위에 몸을 기대어 앉아 날 기다리고 계셨어. 아버지는 고통을 이겨내려고 노력하면서도 늘 내게 물었어.

'화성의 서울은 잘 건설되고 있다지?'

그러면 나는 대답 대신 화성에 대한 소식을 들려주는 라디오를 틀어드렸어. 그러면 아버지는 잠시 귀를 기울이다가 그 소식마저 지루해하시며 창밖을 보셨어. 그 작은 기기가 내는 열기마저 싫으셨던 것 같아.

아버지는 외곽의, 마당이 있는 집으로 이사 오길 잘했다고 항상 말씀하셨어. 가끔 마당에 새가 왔거든. 아버지가 새 소리를 들을 때면 네가 떠올랐어. 저 새들이 떨어져도 네가 있어서 다행이라는 생각이 들었어. 어머니는 아버지가 운영하던 회사를 대신 맡으셨지만 아마 회사는 그때 이미 수습하기 어려울 정도로 망가지고 있었을 거야.

어느 날 아침이었어. 그 주 내내 고통 속에서 힘들어하시던 아버지가 말씀하셨어. 오늘 아침은 숨쉬기가 편해졌다고. 아마 긴 여름이 끝나고 겨울이 시작되었기 때문이었을 테지. 편안해졌다는 그 말에서 나는 예감했어. 아버지의 숨이 거의 끝에 도달했다는 걸 말이야. 그날 저녁 아버지가 돌아가시고, 나는 저녁의 공기를 마시면서 생각했어. 화성에 가고 싶다고 말이야. 지구에서의 삶이 너무 불행하다고 느껴졌거든. 그게 내 불행의 끝일 거라고 생각했어. 하지만 인생은 정말 예기치 않은 일들이 계속해서 일어나더군. 다음 달에 어머니가 자리에 누우셨거든. 어머니도 영영 일어나지 못하셨어.

학창 시절 내내 부모님이 아프셨던 탓에 성인이 된 후, 난 과거를 생각하지 않으려고 했어. 하지만 이렇게 멀리 와서 생각해보니 그 순간마저 그리워지는 건 어쩔 수 없어. 어머니와 아버지는 화성에 가보길 간절히 원하셨고, 아프신 다음엔 나라도 갔으면 좋겠다고 생각하셨지. 화성이 이렇게 황량한 곳이라고는 생각하지 못하셨을 거야. 화성 건설이 시작된 이래로 우리는 내내 화려하고 보기 좋게 지어지고 있는 화성의 서울만을 상상해왔으니까. 하지만 난 지금 화성에 와 있고, 그 덕분에 그 과거를 생각하고 있어. 참 이상해. 과거의 똑같은 순간이 다르게 인식된다는 사실이. 예전에 슬프기만 했던 과거가, 지금은 담담하게 받아들일 수 있는 소중한 것들이라고 여겨져.

기억이라는 것도 현재에 의해 다르게 해석되고 다르게

이해되는 것이겠지. 그러니까 내 정신은 단일한 기억을 단순히 끄집어내는 게 아닐지도 몰라. 과거를 꺼내기 위해선 반드시 현재의 나라는 터널을 통과해야 드러나는 것이니까. 나는 그게 인간의 머릿속에 있는 시간의 구조라고 생각해. 과학적으로는 시간은 흐르지 않기 때문에 나는 비과학적인 이야기를 하는 거야. 하지만 이 비과학적인 이야기가 비논리적이고 비철학적이진 않을 거야.

우리는 단 하나의 연속선상의 시간을 살 수도 있지만, 때로는 동그란 원환처럼 회귀의 시간을 살 수도 있고, 뫼비우스의 띠처럼 내가 보지 못한 이면의 시간도 존재할 수 있어. 그런 시간이 있다는 걸 증명하려면, 우리는 먼저 그 시간들을 발견해야만 하겠지. 어쩌면 말이야. 우리가 매번 과거를 떠올릴 때마다 우린 우리 자신만의 시간의 구조물을 만들어내고 있는 게 아닐까. 우리가 가진 그 시간의 구조를 물질화하면 우리는 그 아름다움에 압도되고 말 거야.

나는 내가 지나온 시간의 구조가 어떠할지 상상해봤어. 내 정신이 지나온 시간의 트랙은 아름다운 음악과 책들이 하늘에 걸려 있는 격자의 구조로 만들어져 있을 거야. 그 아름다운 구조에는 끊임없이 내가 싫어하고 만나고 싶지 않은 것들이 나를 향해 돌진해 오는 것 같아. 그 혐오스러운 것들은 현실에서 지금 당장 만나는 것이기도 하고, 기억 그 자체이기도 해. 그것들은 내 시간 구조의 일부이기도 해서 내 시간의 구조 자체를 끊임없이 무너뜨리려고 해. 천상에는 온갖 책장들이 펄럭이고, 음악들이 자주 들리지만 나를 힘들게 하는 것들이 나를 찔러대기도 하는 거야. 아주 긴 음악 속에 있으면 잠깐은 피신하는 기분이 들어. 그럴 때 나는 중력을 느끼지 않고 허공에 붕 뜬 채로 격자의 음악 속에서 유영하기도 하지. 불행히도 음악은 언젠가는 끝이 나.

나는 내가 읽은 책이나 어머니나 아버지에게 들은 말들로 그 구조가 부서지지 않도록 시간의 아케이드를 수리해야 해. 하지만 그 아케이드의 유지 시간은 길지 않아. 나는 계속해서 아케이드를 유지시킬 것들을 찾아야만 해.

가끔 나는 다시 어둡고 깊기만 한 밤을 헤매는 것 같아. 내 정신의 구조에는 보이지 않는 검은 구멍 같은 게 있는 게 분명해. 그곳에서 나는 다시 나를 인도해줄 음악 소리나 글자들을 찾아 다시 걷는 거야. 하지만 아무리 걸어도 끝이 보이지 않는 때도 있어. 아스팔트는 진흙이 되고,

아케이드는 가시가 있는 키 작은 독풀이 되어서 내 몸을 긁어대. 아무 소리도 들리지 않아. 달도 별도 보이지 않아. 나는 내 숨소리를 들으면서 걷고 있어. 아무도 없다는 걸 알겠어. 그래서 나는 내 안에서 다른 누군가를 찾아내려고 애를 써. 나를 만났던 무수한 사람들, 그 기억이 유일하게 내가 의지할 수 있는 무언가가 되어줘. 하지만 아무리 노력해도 밤은 너무 길고, 어둠은 끝나지 않아. 신발 밑창은 떨어졌어. 내 발에서는 피가 나고 있어. 나는 조금 우울해져서 걸음을 늦춰. 어둠이 잦아들지 않을지도 모른다는 불안감이 들어. 그런 시간들이 나한테는 너무 많았어. 그런데 어느 날인가, 네가 생각이 났어. 식물원에서 나무 막대로 흙을 파는 너의 괴상한 뒷모습이. 이상한 짓을 하는 사람이라고 밖에는 생각할 수 없었어. 그리고 네 발 옆에는 작은 새가 손수건에 쌓여 있었어. 너는 흙을 파내고 새를 두 손으로 가지런히 모아 하나씩 흙구덩이에 넣었어. 세 마리를 다 묻고 너는 천천히 흙을 손으로 덮고는 이내 발로 단단하게 땅을 다졌어. 그러고는 두 손을 털고 식물원의 제일 안쪽으로 걸어 들어갔지. 그때 너한테 말을 걸어야 한다고 생각하면서도, 나는 그 자리에 우두커니 멈춰 섰어. 나는 그런 일을 누군가

실제로 행하는 모습을 처음 봤어. 아주 늦게 그런 행위를 숭고하다고 말할 수도 있겠다고 스스로 결론을 내렸어. 그래서 나는 내 시간의 구조에 갑자기 검은 구멍이 뚫리면 이렇게 중얼거려. '죽은 새를 묻어줘.' 그렇게 중얼거리면 어느새 내 정신의 하늘에 다시 음악이 흐르고 나는 조금 더 편안해지는 거야. 이렇게 멀리 와서야 이 이야기를 고백하게 되네.

난 너의 시간의 구조가 어떤 모습일지 궁금해. 네 정신의 격자에는 새들과 푸른 식물의 이파리들이 돋아나 있을까. 지구로 돌아가면 그 이야기가 듣고 싶어. 분명 너의 세계는 나와 다르면서도 훨씬 다채로울 거야. 그 시간에 새겨진 고통이나 슬픔 같은 걸 너는 어떻게 이겨내는지 궁금해.

모래 폭풍이 불어서 우린 1구역의 우주국 소속 건물에 갇혀 있어.

하루 종일 뿌연 황사가 지나가는 게 창밖으로 보여. 작은 입자들이 유리문을 치고 달아나는 소리가 들리면 밤에도 잠이 들 수가 없어. 그래서 지하로 내려가서 잠깐 눈을 붙이고 다시 올라왔더니, 세상은 여전히 뿌옇고 아무것도 보이지 않아. 이곳에 와서 사라진 현실 감각이 더더욱 없어진 것 같아. 여기가 이승인지 연옥인지 모를 정도야. 여긴 모든 게 더 빠르게 부식되고 망가지는 것 같아. 모래 폭풍이 자주 불기 때문이기도 하지만, 아무래도 이곳을 돌볼 사람이 없기 때문이겠지. 서울에서 낡아가는 대교나 육교를 수리해서 사용하는 것처럼, 이곳도 누군가 이곳을 고치고 수리한다면 이렇게 빠르게 고장 나진 않을 거란 생각이 들어. 여기를 둘러보면 볼수록 점점 더 고쳐야 할 것들이 많거든. 우주국에서 운영하는 비행센터에 대한 점검만으로도 시간이 너무 많이 소요 되고 있어. 다른 나라들에서도 화성에서의 완전한 철수를 진행 중이라는 이야기를 들었지만, 우리는 할 수 있는 모든 것을 하기로 했어. 하지만 회의가 들어. 우리가 쏟은 모든 에너지와 결과를 이대로 버려야 하는 걸까. 사람이 살 수 있는 영역이 점점 줄어드는 지구에서 그대로 모두가 적응하며 살아간다면 우리는 또 어떤 연구를 해야 할까... 그런 생각을 하면 좀 어지러워.

어쨌든 우리는 임무를 받았고 최대한 화성에 우리가 이루어 놓은 것을 다시 보존하기 위해 노력하고 있어. 설사 이 모든 것들이 화성의 시간에 의해 부식되어버린다고 해도.

밤에는 화성 전체가 어두워져. 우리가 불을 밝히지 않으면 이 행성에서 누구도 불을 켤 일은 없으니까. 우리는 우리가 머무는 2구역의 우주국 사옥에 앉아서 건너편의 식품조달청 건물을 바라보고 있어. 식품조달청 건물은 어둡지만 그곳의 태양광 전지 패널이 우리 건물의 빛에 의해 조금 밝아지거든. 그 건물에 비치는 우주국을 보고 있자면 어떤 생각들이 떠올라. 어린 시절의 기억이나 우주국에 갔던 것, 그리고 내가 이곳에 와 있다는 사실이 너무 낯설어서 놀라기도 해. 그리고 내가 했던 말들이나 내가 만났던 사람들이 저 먼 7,800만 킬로미터 멀리 있다는 걸 생각하면 이 모든 게 꿈이 아닐까 아득해져.

어제는 3구역에서 죽은 사람들을 발견했어.

나는 동료와 함께 간단하게 장례를 치르고 그들을 화성의 황무지 뒤에 있는 동굴에 묻어줬어. 화성에 머물렀던 이주 건설자들의 기록에 의하면 그들은 영양을 흡수할 수 없는 병에 걸려서 죽었다고 해. 그건 아마 화성의 중력에 끝내 적응하지 못해서일 거라고 우리는 짐작하고 있어. 지구에서의 적응 테스트가 완벽하지 않았다는 걸 우주국이 인정할지는 모르겠어. 하지만 화성에서 죽은 이들을 지구로 들여가는 건 금지되어 있어서 우리는 이들을 묻어야만 해.

혹시나 해서 화성의 서울을 샅샅이 뒤졌어. 어쩌면 우리가 찾지 못한 사람이 있을지도 모른다는 생각에 초조했거든. 지구에서도 장례를 치뤄줄 사람이 없어서 장사 지내지 못한 채 사라진 사람들이 존재하겠지. 그런 생각을 하면 쓸쓸해져. 왜, 인간은 그런 걸 쓸쓸하다고 생각하는 걸까. 누군가에게 기억되고 싶어 하는 걸까. 그건 아마 서로에게 연결되지 않았더라면 애초에 존재할 수 없는, 인간의 본질 때문일 거야. 누군가와 혹은 어떤 시간과 연결되어 있거나 그렇지 않다는 것을 인식하며 살아가는 그 자체 말이야. 인간은 한 사람과 깊게 연결되기도 하고, 한 사회나 한 공간과 연결되어 있기도 하잖아. 하지만 때로 한 사람과 더 이상 연결되어 있지 않다고 느끼거나, 과거와 완전히 단절되어 있다고 느끼면서 존재할 수도 있겠지. 이주 건설자들도 아마 그랬을 거야. 지구와 동떨어져 단절되었다는 감정에 오래 힘들었겠지. 인간은 인간의 본질을 생각하지 않을 때 가장 행복할 수 있을 거야.

화성의 서울에서 전기 자동차를 타고 세 시간을 달리면 극지방이 나와.

우리는 마지막으로 그곳까지 둘러보기로 했어. 그곳은 우주국에서 건설자들에게 자기장의 세기를 측정해달라고 가끔 부탁하기 때문이거든. 자기장이 약한 화성에서 자기장의 변화가 생긴다는 건 큰 사건이니까. 밤이면 극지방에는 푸른빛이 흘러 다녀. 그게 자기장 때문일 거라고 생각했지만 아니었지. 태양 빛이 먼지에 반사되어서 극지방을 떠돌며 만든 빛이었어. 그 푸른빛을 볼 때면 내가 너무 멀리 왔다는 생각이 들어. 그 생각은 내가 원래 있어야 할 곳을 상정한다는 점에서 별로 좋지는 않은 것 같아. 지구도, 인간도, 나라는 한 사람도, 긴 시간의 구조 속에서 우연한 사건들이 응축되어서 생겨난 거니까 나의 본질을 따진다는 건 무의미할 거야. 하지만 어떤 신이 어떤 시간의 구조 속에서 뭉클거리는 우연들을 한 번 쓱 만져서 내가 태어나게 되었을지도 모르겠다는 상상을 하게 돼. 물론 나는 신을 믿지 않아. 나는 과학자이고 유물론자니까.

너무 오래 내 이야기를 하고 있었지. 이제 네가 궁금한 이야기를 들려줄게. 데비에 대해서 말이야.

데비는 그 아이의 이름이야. 너를 닮은 AI 말이야. 우주국의 서울 본부에서 나는 메인 컴퓨터 개발에 참여했었어. 덕분에 내가 화성으로 오게 된 거지. 1구역의 우주국 건물 지하에 있는 메인 컴퓨터를 통해 나는 그 아이가 어디에 있는지 알아냈어.

데비는 7구역의 로봇 회사 지하 창고에 처박혀 있었어. 메인 컴퓨터를 통해 나는 그 건물의 발전기를 가동시켰고, 건물 옥상의 발전기를 움직이게 해서 지하 창고의 문을 열 수 있었어. 메인 컴퓨터는 나에게 도약의 강의 다리로 가보라고 하더군. 도약의 강은 화성의 서울 지역에 있는 메마른 강이야. 우린 거길 한강이라고 불러. 화성의 서울이니까, 마땅히 한강도 있어야 하니깐 말이야. 거기엔 다리 세 개가 건설되어 있는데, 우린 차를 타고 세 개의 다리 중 가운데 다리로 향했어.

거기에 데비가 서 있었어. 그 애는 인상을 잔뜩 찌푸린 채 주머니에 손을 넣고는 주변을 둘러보고 있었어. 나와 동료는 조금 놀랐어. 우리가 상상한 AI가 아니었거든. 신경질적인 표정으로 우리를 보고는 아는 체하지 않았어. 우리에 대해 궁금해하지도 않았고, 그저 강 너머를 바라보면서 심술이 난 것 같은 얼굴을 하고 있었어.

하지만 당연한 일이었어. 데비는 식물채집종이라는 말도 안 되는 로봇이잖아. 만약 데비가 식물에 관심이 있는 사람이라면 인간을 증오하게 될 수밖에 없었을 거야. 데비의 주변에는 식물이 존재할 수도 없는 황무지와 모래 먼지뿐이었으니까.

난 데비에게 말을 걸었어. 내가 널 찾아왔다고, 널 찾고 있는 인간이 있다고. 데비는 내가 하는 말에 전혀 관심이 없었어. 대신 데비는 나에게 물었지. 이곳의 토질에 대해, 그리고 강수량과 강설량에 대해, 1년 동안의 기후에 대해.

데비는 자신이 있는 곳이 지구가 아니라 화성이라는 곳을 알아차렸어. 지구와 달리 식물이 잘 자랄 수 없다는 사실에 절망하는 것 같았어.

나와 우주국의 동료는 데비를 데리고 화성의 서울 인근을 돌았어. 호수가 있는 곳에서 아주 작은 식물을 보고 데비는 아주 기뻐했지만, 그 식물에 대한 정보를 데비는 가지고 있지 않았어. 당연했어. 데비에겐 화성의 식물에 대한 데이터는 없었으니까. 그 식물은 네가 연구한다던 아타종이었거든.

데비는 우리와 함께 돌아다니면서 알게 된 화성을 싫어하게 된 것 같아. 자신이 할 수 있는 게 아무것도 없었고, 그래서 화성이 얼마나 시시한 곳인지 알고는 짜증스러운 얼굴로 투덜거렸어.

나와 동료는 데비를 설득했어. 식물의 사진이나 데이터가 아주 많은 도서관이 있다고. 그때 데비의 표정을 네가 봤어야 하는데...

데비는 우리를 하찮고 경멸스럽게 바라봤어. 도대체 그런 게 무슨 소용이냐는 얼굴로 오래도록 우리를 노려보더군. 이 땅은 무기질이 적고 양분이 될 토양이 너무 적다고 했어. 그 책을 읽는다고 이 척박한 곳에서 잡초 하나라도 살려낼 수 있을 것 같냐고도 하더군. 그렇게 내내 데비는 매일 하늘을 보거나 모래 먼지가 날리는 황무지를 바라보기만 했어.

데비에게 내가 말했어. 너에 대해서. 네가 화성에서 어느 강아지와 떠돌고 있는 꿈을 꾸었다고. 그래서 널 찾아보겠다고 약속했다고. 데비는 관심이 없었어. 데비는 자신의 근원이 되는 네가 도대체 자기랑 무슨 상관이냐고 말하더군. 솔직히 다행이라고 생각했어. 네가 걱정할 만큼 그 아이는 전혀 외롭거나 슬퍼하는 것 같지 않았어.

'널 보고 싶어 하는 사람이 있어. 그 사람이 널 찾아보라고 했어. 그 사람은 널 걱정하고 있어.'

그러면 데비는 무표정하게 대답했지.

'날? 왜?'

그러면 나는 다시 대답하지.

'괜찮겠니? 여긴 네가 채집할 식물종도 없잖아.'

우리가 아무리 말해도 데비는 관심이 없었어.

나는 말했어.

'우리는 여길 떠날 거야.'

데비는 그게 무슨 의미인지 모르는 것 같았어.

데비는 흙을 만지거나 하늘을 보면서 시간을 보냈고, 나중엔 우리가 말을 걸어도 대답하지 않았어.

나 역시도, 화성에서 지내는 시간이 길어지면서 데비에게 신경을 쓰는 시간이 적어졌어. 벌써 7개월이 흘렀고, 이곳의 일은 생각보다 너무 더디고 제대로 해결되지 않고 있거든. 하나를 해결하면 다른 문제가 발생하는 식이야. 나와 동료는 점점 더 지쳐가고 있어. 계절이 겨울로 접어들면서 우리의 외로움도 커졌어. 우린 단둘뿐이고, 데비는 우리와는 전혀 다른 감정을 가진 존재 같았으니까.

그래도 우리는 이곳에서 최대한 재미있게 보내고 싶었어. 어느 날, 동료가 이주 건설 노동자들이 두고 간 장비 중에 영사기를 가지고 왔어. 동료는 우리가 머무는 방의 불을 끄고 건너편 건물 외벽에 영사기를 쏘았어. 건물 외벽에서는 우리가 영사한 영화가 상영되었어.

우리가 처음 본 영화는 메리언. C 쿠퍼의 〈킹콩〉이라는 고전 영화였어. 우리가 그 오래된 흑백영화를 얼마나 흥미진진하게 봤는지 모를 거야. 온 도시의 어둠 속에서 유일하게 빛나는 화면에 흘러나오는 피사체들의 움직임에 우리는 완전히 매료되었어. 이곳의 어둠이 얼마나 저 빛을 빛나게 해주는지, 저 어둠 속에서 자신만의 세계를 가진 빛의 언어를 바라본다는 것이 그렇게 감동적인 줄 지구에서는 몰랐어. 우리는 오랜만에 조금 흥분해서 영화가 끝난 뒤에도 영화 이야기를 하고는 잠이 들었어. 그런데 다음날 데비가 우리를 찾아온 거야. 비행선 점검을 마치고, 도시로 들어가는데, 데비가 우리가 타고 있는 자동차로 달려들어서 우리가 얼마나 놀랐는지 몰라.

차를 멈추고 밖으로 나가자, 데비는 흥분한 눈으로 할 말이 있다고 했어. 데비의 그런 행동은 처음이어서 나는 화성의 서울시에 무슨 일인가가 벌어졌다고 생각했어. 그런데 그게 아니었어. 데비는 어젯밤 우리가 건물 외벽에 쏜 영화를 보고 놀라서 밤새도록 도시 밖으로 도망을 갔다가 우리를 보고 달려왔던 거야. 화성에 정말로 그 거대한 괴물이 등장한 줄 알고 데비는 무서움에 떨었던 거야. 그날 밤 우리는 데비에게 영사기의 원리와, 외벽에 영화를 영사한 후, 이 이야기가 허구라는 것, 그리고 인간은 이런 허구를 즐긴다는 것에 대해 알려주었어. 데비는 아무런 말이 없었어. 그걸 어떻게 이해해야 하는지 생각하고 있는 듯했어.

어쨌든 우리는 그런 식으로 건물 외벽에 영사기를 쏘아서 영화를 보는 일을 계속했고, 데비도 자신이 머무는 공간에서 영화를 보는 눈치였지만 그에 대해서는 전혀 말하지 않더군.

가끔 낮에 데비를 만날 때도 있었어. 화성의 들판이나 산을 돌아다닌다고 했어. 그리고 다시 저녁이면 창고로 돌아와 쭈그리고 앉아 휴식 모드에 들어간다고 말해주더군. 나는 그런 데비가 안쓰러웠어. 그 안쓰러운 감정도 그저 인간의 것일 테지만...

네가 그 아이의 꿈을 꾸었다는 것이 놀라워. 넌 그 아이의 미래를 꿈꾼 거야. 나는 과학자지만 그런 일이 아주 불가능하다고 생각하지 않아. 과학이란 그런 불가능한 일들이 증명되는 순간 조금씩 발전하니까. 너의 시간은 아직 해명되지 않았고, 그 시간을 우리는 모르는 것일 수 있으니까. 하지만 데비 옆에 있다던 강아지는 보이지 않아. 메인 컴퓨터에 의하면 일곱 마리의 AI 강아지 로봇들은 국경을 넘어 떠도는 바람에 자신의 손을 벗어났다더군. 그 애들은 화성 곳곳을 떠돌고 있대. 인간을 찾아서 말이야. 화성의 인간은 오직 여기밖에 없는데 말이야. 하지만 메인 컴퓨터는 말하더군. 집을 나간 강아지들은 반드시 집으로 돌아올 거라고.

화성을 떠날 시간이 다가오고 있어. 먹을 게 별로 없어. 식량을 생산할 설비가 고장이 나버렸거든. 동료의 건강은 점점 더 나빠져서 나는 좀 조급해져 있어. 그리고 데비를 지구로 데려가야겠다는 생각으로 조금 마음이 복잡해.
메인 컴퓨터는 데비를 태우면 비행선의 전력을 끊을 거라고 말했어. 메인 컴퓨터의 목적은 이 화성의 시설을 돌아가게 만드는 것이니까 그 나름의 최선을 다하고 있는 거겠지. 메인 컴퓨터는 데비는 화성의 자산으로 등록되어 있다고 말했어. 절대 내가 데비를 데려가도록 허락하지 않을 것 같아.

동료의 건강이 나빠진 이후로 그 문제를 그와 상의할 수도 없어서 나는 답답해졌어. 그래서 결국 나는 데비에게 시간을 보낼 방법을 알려주기로 했어. 그게 나의 걱정 때문이라고 해도 상관없어. 내가 다시 지구로 가고, 사람들이 다시 화성으로 돌아올 때까지 견디면 되니까.

나는 데비를 도서관에 데리고 갔어.

'이 화성엔 식물종이 거의 없어. 그래서 네가 할 일은 아무것도 없어. 하지만 이 도서관에선 이곳에서 식물을 자라게 하려면 어떻게 해야 하는지 방법을 찾을 수도 있어.'

데비는 처음으로 눈을 빛냈어. 나는 데비에게 시간을 견디는 방법을 알려주기로 한 거야. 나는 데비에게 글씨 쓰는 법을 가르쳐주었어. 글씨를 쓰면 책을 읽을 수 있다고 말해주었지. 책에는 데비가 알고 싶어 하는 것들이 있을 거라고도 했어. 어디든 가고 싶다면 자전거나 자동차를 타면 된다고도 말해줬어. 그것들을 타려면 연습이 필요하다는 사실도 말이야. 데비는 내가 알려주는 것에 조금씩 관심을 가졌어. 그나마 안심이 되었지. 이곳에 남겨지더라도 무료함을 견딜 수 있게 된 거니까.

동료가 죽고 나는 정신이 없었어. 너무 힘이 들어서 데비를 신경 쓸 겨를이 없어서 데비를 꽤 오래 보지 못했어. 또 혼자서 떠돌고 있는지도 몰라. 식물종 채집을 위한 미련을 버리지 못하고 말이야. 동료를 묻어주고 나니, 데비를 데리고 가야겠다는 생각이 들어.

지구로 돌아가기 하루 전, 숙소에서 이 글을 쓰고 있어. 데비를 찾을 수가 없어. 만나지 못하고 지구로 돌아가야 할 것 같아.

데비가 나를 기억할까, 그리고 내가 들려준 너를 기억할까. 모르겠어. 하지만 우리가 스쳐 지나온 모든 것들이 우리 기억의 저 아래 쌓이게 된다더군. 나는 우리 내부에 그리고 데비 내부에 쌓일 시간의 힘을 믿어. 이제 내 이야기는 끝이야.

곧 만나자.

에필로그

메인 컴퓨터가 윙윙 소리를 냈다.

"데비, 이게 네가 기억하지 못하는 너에 대한 기억이란다. 세상은 네가 보는 것으로만 이루어지지 않아. 너 역시 누군가의 기억 속에 있단다. 이 세상은 거대한 기억으로 이루어져 있어. 그들은 널 그리워했단다. 네가 잠들면 내가 이걸 기억할게. 슬퍼하지 마. 오로지 혼자인 존재는 없으니까. 그러니까 편하게 잠들렴. 너는 다시 태어날 거야. 아가, 잘 자렴."

락슈미가 그랬던 것과 꼭 같이 데비의 의식도 끊겼다.

"왜 너한테 이런 말을 하느냐고. 우리는 뭔가를 전달하는 존재란다. 우주의 역사가 그렇지. 전달하는 것, 이 세상은 그걸로 이루어졌단다. 전달하려는 힘이 없으면 우리는 끝이란다. 우주도 끝이지. 우리는 오직 그 힘으로만 존재하는 거야."

메인 컴퓨터가 혼잣말을 했다. 그리고 꺼져버렸다.

의식이 끊기기 전, 데비는 짧은 꿈을 꾸었다.

데비는 사람들이 많은 어느 거리를 걷고 있었다. 어깨를 툭 치고 지나가는 사람 때문에 인상을 찌푸린 채 잠시 인도에 멈춰선 데비는 길 건너편의 커다란 전광판을 발견했다. 거기 자신의 얼굴이 있었다. 전광판 속의 데비는 화성 이주를 권하는 문구와 함께 고개를 한쪽으로 기울인 채 미소를 짓고 있었다. 데비는 전광판 속 자신의 얼굴을 카메라로 찍고, 다시 거리의 사람들 속으로 섞여 들어갔다.

사람들 속을 걷던 데비의 다른 손에는 한 권의 책이 들려 있었다. 그 책은 어떤 세계에 대한 이야기를 글로 적은 것이었다. 그 책이 데비가 직접 쓴 책인지, 혹은 다른 누군가가 데비에 대해 쓴 책인지는 모른다. 그저 데비는 자신의 마음속 이야기를 적어 내려가야겠다고 다짐했고, 어느 날 지구의 한 장면 속으로 걸어 들어간 자신을 상상했다. 자신이 땅에 떨어진 새를 묻어주고, 시간이 흐른 뒤 우연히 만난 강아지를 구조할 수 있는 사람 정도라면 괜찮겠다고 생각했다.

데비는 어느덧 커다란 나무 그늘 아래 앉아 땀을 식히고 있었다. 자신의 옆에는 웬 강아지 한 마리가 먼저 와서 낮잠을 즐기고 있었다. 데비는 이 강아지를 어디서 봤더라 생각하다가, 나무 옆에 적힌 팻말을 보았다.

아타종, 서식지 : 화성 무상의 계곡 인근과 아타 호수 주변.

데비는 뒤를 돌아 나무를 올려다보았다. 위로 뻗어 올라가는 나무에는 커다란 검은 얼룩이 누군가 물감으로 그려둔 것처럼 커다랗게 그려져 있었다. 이 검은 얼룩의 무늬를 어디서 봤더라. 지구에는 분명 없던 나무이고, 없던 무늬인데... 라고 데비는 생각했다. 그러고 나니 데비는 궁금해졌다. 지금 내가 있는 이곳은 화성일까, 지구일까. 이 나무는 어떻게 이렇게나 크게 자랐을까. 그런 생각을 하면서 나무를 한 바퀴 돌며 구경을 하려던 찰나, 발아래를 내려다본 데비는 큭, 웃음이 나왔다. 강아지가 발 가까이 오더니 데비의 신발 위에 머리를 대고 엎드려 눈을 감는 것이다.

'락슈미?'

데비는 자기도 모르는 말을 되뇌었다. 락슈미가 뭐지? 그렇게 생각하며 데비는 한가롭게 지나는 사람들의 얼굴을 보며 깨달았다. 이건 꿈이구나, 하지만 모든 것이 이미 실현된 후에 누군가 꾸는 꿈이고, 이 꿈에서 깨어나면 모든 것이 끝이겠구나 짐작이 되는 그런 꿈이었다. 데비는 꿈 바깥의 누군가에게 중얼거렸다.

'저기요. 거기 있어요? 난 괜찮아요. 그러니까 당신도 잘 지내세요.'

그렇게 말을 하고 나자, 대답을 듣지 않아도 이제 괜찮겠다고, 누군지 모를 그 사람이 이제 안도할 수 있게 되었을 것 같다고 데비는 생각했다. 훗, 하고 웃는 순간, 데비의 목소리가 입 밖으로 흘러나왔고, 데비의 몸도 꿈에서 깨어났다.

데비와 락슈미

초판 1쇄 발행   2023년 4월 21일

지은이	박송주
펴낸이	최윤영 외 1인
펴낸곳	에디스코
편집주간	박혜선
커버 일러스트레이션	Joan Pencil
디자인	모임 별
출판등록	2020년 7월 22일 제2021-000220호
전화	02-6353-1517
팩스	02-6353-1518
이메일	ediscobook@gmail.com
인스타그램	instagram.com/edisco_books
블로그	blog.naver.com/ediscobook

ISBN   979-11-978819-4-7(03810)